目次

I　黒の黎明

黒い誘惑——初期ノワール小説について

「ノワール」という言葉

本書全体にとっての序論的な性格を持つ以下の文章は、初期ノワール小説に関する大まかな見取り図を示すことを目的とする。しかしながら、厄介なことに、そもそも「ノワール」とは何かという点に関するはっきりとした定説が存在していない。この点を理解することから始めよう。

一般にノワール小説は一九三〇年代のアメリカで書かれるようになったと見なされている。より具体的にいえば、ダシール・ハメット（第一長編の『赤い収穫』は一九二九年）やジェイムズ・M・ケイン（第一長編の『郵便配達は二度ベルを鳴らす』は一九三四年）といった、従来「ハードボイルド小説」の先駆者と位置づけられてきた作家達の作品が、最初期のノワール小説とされているわけだ。

だが、それでは「ハードボイルド＝ノワール」という等式が成立するかというと、話はそれほど単純ではない。例えば、「ペリー・メイスンもの」によって三〇年代を代表するベストセラー作家になったE・S・ガードナーは、作家自身の希望に反して「ハードボイルド派」の一人に数えられることもあったが、現在では仮にガードナーを「ハードボイルド作家」と呼ぶ人がいたとしても、「ノワール作家」と呼ぶ人はまずいないだろう。あるいは、ハードボイルド作家の代表格とされているケイン自身が、その「ハードボイルド」というレッテルを強く嫌っていたことを想起してもいい。

このようないささかややこしい事態になっているのは、「ハードボイルド」という言葉からして、それが指すものが文体なのか、題材なのか、主人公の性格なのか、それともストーリーの特徴なのかが判然としないことが一因としてあるのだが、ともあれ最初に確認しておきたい点は二つある。一つは、かつて「ハードボイルド」と呼ばれた作家達がそのまま「ノワール」と呼ばれるようになったわけではないということ。そしてもう一つは、三〇年代当時、現在では「ノワール」と呼ばれるような作品を書いていた作家達は、自分達の書くものを「ノワール」という「ジャンル」としては意識していなかったということだ。

実際、「ノワール」という言葉が使われるようになったのは、三〇年代のアメリカではなく、時代も場所も隔たった、第二次大戦後のフランスにおいてである。探偵小説史的には、一九四五年に「セリ・ノワール（暗黒叢書）」と呼ばれる叢書がガリマール社から刊行されるという重要な出来事があるのだが（ハメットの長編は、一九四九年の『ガラスの鍵』を皮切りに、全作品が収められた）、現在の我々が「ノワール」という言葉を使うようになったのは、四〇年代のアメリカで流行した映画ジャンルが、フランスで「フィルム・ノワール」と呼ばれたことが大きかったと思われる。

したがって、この「フィルム・ノワール」という語の起源に関しては、もう少し詳しく記しておくべきだろう。第二次大戦が終わった翌年、つまり一九四六年の七月から八月にかけてアメリカ映画が五本、パリで上映されたが（第Ⅳ部年表①～⑤）、それらを総称的に指す言葉として「フィルム・ノワール」という語が用いられた。最初に使ったのは、映画雑誌などに寄稿していたイタリア生まれのジャーナリスト、ニーノ・フランクとされている。大戦中、フランスではアメリカ映画をなかなか見ることができなかったが、その見られなかった映画が戦後になってどっと入ってきたときに、フランス人は「変な映画がたくさんきたぞ」と戸惑ったのだろう。そこで「フィルム・ノワール」という言葉が作られ、その数ヶ月後にまた五本の映画が公開されて（第Ⅳ部年表⑥～⑩）、アメリカ映画の新しい動きが何となく理解されるようになったわけだ。

ちなみに、アメリカの占領下にあった日本においては、アメリカの暗い面を見せつけるようなこうした映画は輸入されなかったので、日本でフィルム・ノワールの全体像がつかめるようになったのはＤＶＤが普及するようになってから、つまりかなり最近のことである。ただし、アメリカ本国においても、フィルム・ノワールという言葉が頻繁に使われるようになったのは、大学で本格的に映画が教えられるようになり、とりわけフェミニズムを吸収した論者達が「ファム・ファタール」の存在に注目するようになってからのことと思われるので、七〇年代あたりまでは「ノワール」は耳慣れない言葉だったといっていいはずである。

そして八〇年代にはフィルム・ノワールのリバイバルが起こり、しばしばリメイクも作られるようになる。そうした動きと呼応するようにして、出版界においても「ブラック・リザード」というレーベルのもと、ジム・トンプソンを筆頭とする、主に五〇年代から六〇年代にかけて活躍したものの、忘れ去られていた犯罪小説系の作家達――ほとんどがいわゆる「ペイパーバック・ライター」である――の作品が、一気に九〇冊以上もリプリントされることとなった（ケインの後期作品も数冊収められた）。かくしてようやく「ノワール」が一般に認知されるところとなり、そこから遡る形で、ハメットやケインが初期ノワール作家として評価されることになったわけだ。

このようにして三〇年代の作家達は、およそ半世紀を経てからノワール作家と呼ばれるようになった。この（再）評価は、三〇年代の作家を八〇年代の基準で、あるいはトンプソンの活躍した五〇年代ノワールの基準で判断してしまうという危険をともなうものでもあり、その点については初期ノワールと大戦後のノワールでは力点の置かれ方が異なっていることにあとで少し触れたいと思う。

ともあれ、右に素描した「ノワール」という言葉の歴史からも確認されるように、初期ノワールの作家達は、自分が書いているものを「ノワール」という「ジャンル」として意識できるはずがなかった。そうである以上、多くのノワール作家達が共有する「コード」というようなものが見つかりにくく、「ジャンル」として定義するのが難しくなってしまうのは、やはり仕方がないだろう。ノワール研究の先駆である映画批評の領域においても、「フィルム・ノワール」とは一九四一年の『マルタの鷹』から一九五八年の『黒い罠』までを指すという了解こそ共通認識としてあるものの、それでもやはり「ジャンル」というよりは「表現形式」とか「技法」、あるいは「雰囲気」といったものを指すと理解されているのが実情なのである。

「ノワール」という言葉を定義することの難しさについては、他にもいろいろと指摘できるだろうが、いま触れた見方、すなわち「フィルム・ノワール」とは作品の「雰囲気」を指すというとらえ方は、「ノワール」を例えば「ハードボイルド」を包摂するような大きなカテゴリーとして考えようとする場合には、かなり有効に思われる。というのは、さまざまなノワール小説に共通して見られる基本的な特徴として、登場人物達がまさにある種の「雰囲気」を感じている点をあげられるように思えるからだ。その「雰囲気」とは、ひと言でいってしまえば「閉塞感」であり、ノワール小説の「詩学」を考えるには、おそらくここから出発するのが妥当だろう。ノワール小説が書かれるようになった三〇年代は、先を見通せない大恐慌の時代だったからだ。

大恐慌という背景

ノワール小説の詩学を考える際に、それが大恐慌の時代に書かれるようになったという歴史的事実をまず押さえておきたいのは、初期ノワール小説には、大戦後のノワール小説とは異なり、社会批判という性格がかなり強いように見えるからである。その点を確認するためには、典型的な「大恐慌作家」といえるような作家の作品を簡単に見ておくことから始めるのが有効かもしれない。ここで参照してみたいのは、アースキン・コールドウェルとジョン・スタインベックで、どちらも三〇年代に活躍し、そのあとは急速に衰えていったという印象が強い作家である。

まずコールドウェルだが、彼は現在では『タバコ・ロード』(三二)や『神の小さな土地』(三三)でたくましく生きる貧農を戯画化しつつも神秘化して描いた南部作家という位置づけをされるのが普通だろうが、最初の二作はそういった作品ではない(例えば、作品舞台はどちらも無名の都会に設定さ

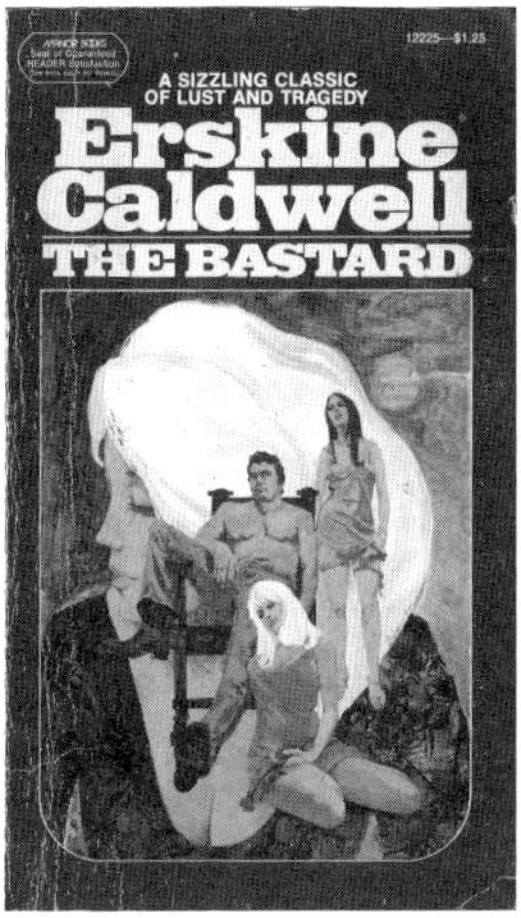
12225—$1.25
A SIZZLING CLASSIC
OF LUST AND TRAGEDY
Erskine
Caldwell
THE BASTARD

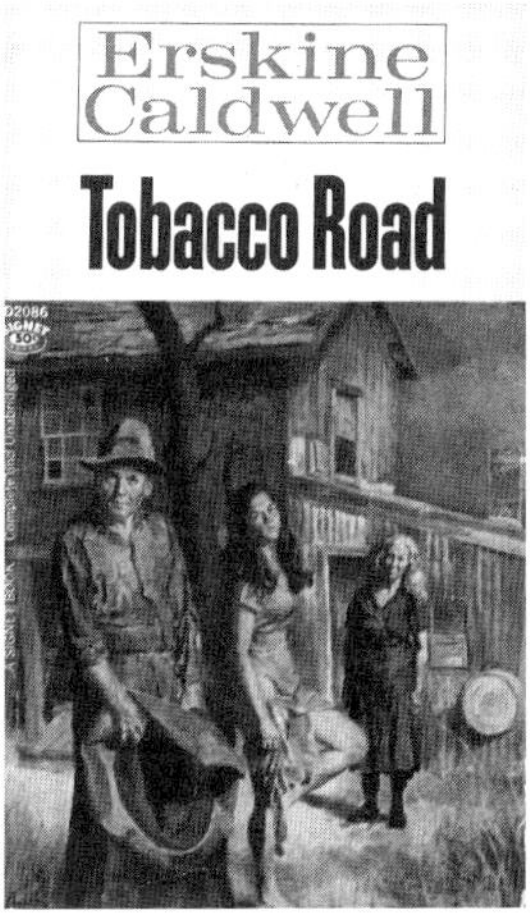
Erskine
Caldwell
Tobacco Road

れている）。第一作、これはタイトルからして『バスタード（私生児）』（二九）とすごいものだが（当然のようにすぐ発禁になってしまうのだが）、とにかくこの汚い世界にはうんざりだという男を主人公としており、続く第二作の『愚かな道化』（三〇）という落ちぶれたボクサーの話とも ども、ユーモラスなところなどまったくなく、救いのない形で終わる、極めてノワーリッシュな作品となっている。初期コールドウェル作品のそうした特徴（の持つ意味）は、代表作の「南部もの」においても、主人公達の貧困生活が、とうてい脱出不可能なものとして設定されている点に継続的に確認できるだろう。

スタインベックに関しては、ノワール小説と呼ぶことができそうなものは書いていないが、彼の三〇年代の作品には、「ここではない別の世界」を夢見るような人物がよく出てくる。『おけら部落』（三五）などを典型として、実際に「向こう側」の世界に行ってしまうようなキャラクターが出てくる作品も多い。そうした特徴はスタインベック独特の神秘主義としても理解されるのだろうが、大恐慌という時代背景に鑑みるなら、作家が見ている「現実」が神秘主義の助けでもないと脱出できないほどに閉塞的であるとも考えられるはずである。そういった「閉塞感」については、代表作の『怒りの葡萄』（三九）からの一節を引用してみよう。これは立ち退きを命じられた小作農が、怒りをぶつけようにもその「相手」がいないという状況を描いたところである。

「おれは自分の手でこの家を建てたんだ……。これは、おれのだ。ぶっつぶせるもんなら、やってみやがれ——おれはライフルを持って窓のところにいるぞ。ちょっとでも近寄りすぎたら、兎みてえに撃ってやるからな」

「おれのせいじゃねえよ。おれにはどうしようもねえんだ。やらなきゃ、おれが職を失っちまう。それに、いいか——あんたがおれを殺したとしよう。あんたは縛り首にされるだろうが、首を吊られるずっと前に、別のやつがトラクターに乗ってきて、そいつが家をつぶすんだ。あんたは殺す相手を間違えてるよ」

「そうかい」と小作人はいった。「おまえは誰の命令で来てるんだ？　そいつのところに行く。そいつをぶっ殺してやる」

「それじゃダメだ。その男は銀行から命令を受けてるんだよ……」

「ふん、銀行にゃ頭取がいる。取締役会がある。ライフルのマガジンをいっぱいにして、銀行に行ってやるさ」

運転手はいった。「銀行は東部から命令を受けてるって話だぜ……」

「じゃあ、どこで終わる？　誰を撃てばいいんだ？　おれを飢えさせてるやつをぶっ殺すまで、飢え死にしてたまるもんか」

「さあな。たぶんどこにも撃つべき相手なんていないのさ……」

いささか長い引用となってしまったが、それだけに詳しい説明は不要だろう。撃つべき相手の不在は、閉塞した状況に風穴を開けようもないということである。

コールドウェルやスタインベックは現在ではあまり読まれなくなってしまっているが、これは貧しい農民をかなり露骨に神秘化・美化している彼らの代表作が、結局は通俗的な「ロマンス」に近いものとなってしまっているからだと思われる。この点は、同時期のウィリアム・フォークナー——やはり三〇年代を最盛期とし、『標識塔〈パイロン〉』（三五）や、『エルサレムよ、我もし汝を忘れなば』（三九）の「野性の棕櫚」パートなど、ノワール色の強い作品も書いている——が、『アブサロム、アブサロム！』（三六）のウォッシュ・ジョーンズや、『村』（四〇）のヘンリー・アームスティッドといった人物に関し、貧しい白人として現実逃避的な願望を抱かざるを得ないところを十分に示しながらも、最終的にはその逃避願望の虚しさをはっきりと前景化しているという事実からも対比的に確認される。だが、当面の文脈では、三〇年代を代表する作家達の作品において、主人公達は閉塞的な状況に置かれ、そこからの脱出を虚しく願うというパターンが存在することだけ理解しておけばよいだろう。

こうした三〇年代小説の特徴から「ノワールの構造」を抽出すると、主人公が（1）閉塞した状況に置かれ、（2）そこからの脱出を望み、（3）それに失敗する、ということになる。これではあまりに単純にすぎると思われるかもしれないが、急いで付言しておけば、この三つのポイントは、それぞれがさまざまなヴァリエーションを持って個々のノワール作品において提示されており、どれもこれもが似た話という印象は受けないはずである。また、話の風呂敷を広げておけば、(1)は「リアリズム」、(2)は「ロマンス」(これは典型的にアメリカ的な問題でもある)、(3)は「悲劇」という問題を内に含んでおり、この意味において、ノワールについて考えることは「小説」というジャンルそのものの可能性について考えることに通じているとさえいえるかもしれない。

閉塞した状況(リアリズム)

こうした大枠を意識しつつ話を戻すと、ノワール小説が三〇年代という大恐慌の時代に書かれるようになったのは、いま触れた(1)のポイントに鑑みて自然なことであるだろう。三〇年代はドキュメンタリーの時代であったともいわれるが(コールドウェルも、三冊ほどそのような本を出している)、小説ジャンルにおいてはいわゆる「社会派リアリズム」の時代だった。二〇年代の作家達がモダニズムの流れの中で、技巧を凝らした芸術性の高い作品を書いていたのに対し、大恐慌下においてそんなディレッタント的なものを書くのはけしからんというような風潮があったのだ。ハメットに関

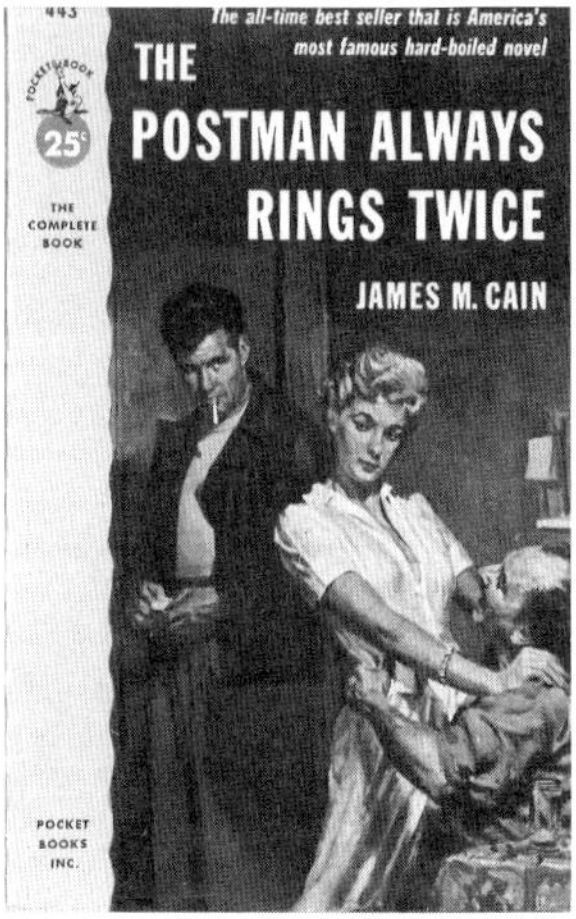
443
The all-time best seller that is America's most famous hard-boiled novel
THE
POSTMAN ALWAYS
RINGS TWICE
JAMES M. CAIN
25¢
THE
COMPLETE
BOOK
POCKET
BOOKS
INC.

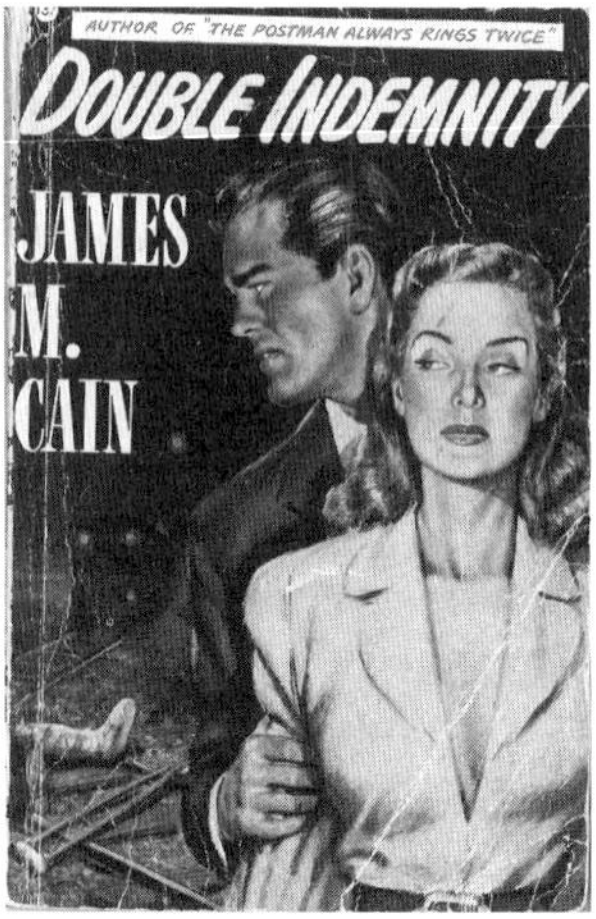
AUTHOR OF "THE POSTMAN ALWAYS RINGS TWICE"
DOUBLE INDEMNITY
JAMES
M.
CAIN

する最も有名な評価として、「ハメットは単に死体を作り出したのではなく、もろもろの理由で殺人を犯す人々に、殺人をとり戻してやったのだ」というレイモンド・チャンドラーの言葉があるが、これは二〇年代の探偵小説が洗練の過程で「パズル」的な性格を強めていったことに対する批判でもあり、実際、ハメットやチャンドラーなどの「ハードボイルド作家」達が、探偵小説に「現実」をとり戻したという見方は、一つの定説となっている。

ハードボイルド小説の「リアリズム」については、ハメット自身がピンカートン探偵社の探偵であったという事実を引きあいに出すのが通例なのだが、ここではむしろケインの名前を出しておくべきかもしれない。ケインはそもそもジャーナリスト出身で、最初の作品にして代表作となった『郵便配達は二度ベルを鳴らす』は現実の事件に材をとった小説である。これは犯罪者の告白というフォーマットが用いられており、死刑囚が刑の執行前に自分の経験を書き残しているという設定なのだが、ここで重要なのは、そういった回想形式にもかかわらず、主人公フランク・チェンバースが、いったいどうしてこういう結果になってしまったのか、よくわかっていないということである。

もっとも、ホーボー（渡り労働者）であったフランクは、放浪の途中で立ち寄った食堂でコーラ・パパダキスというファム・ファタールと出会い、彼女のためにその夫を殺すことになるのだから、犯罪の「動機」は大変わかりやすいとはいえるだろう。ケインのもう一つの代表作とされる『殺人保険』(三六)も同様で、初期ノワール小説の「殺人」の動機は、だいたい「金」か「女」に決まっているのだ(それらを手に入れるように男を唆すのが「ファム・ファタール」ということになる)。しかしながら、こうしたケインの初期小説が「リアリスティック」であるのは、単に殺人の動機が(「探偵への挑戦」といったものではない)「現実的」なものであるからではない。それだけではなく、主人公がそうした「動機」に屈してしまうことが、主人公の意識のレヴェルを超えた次元で説得的であるという点が「リアリスティック」なのだ。

小説を読んでいない方にはやや話が複雑になってしまうのだが、『郵便配達』のファム・ファタールであるコーラは、フランクとはほとんど正反対の設定を与えられたキャラクターである。フランクは自分を根っからの放浪者と考えているのに対し、コーラは自分の失敗した人生をやり直し、根の張ったまともな暮らしをしたいと思っている。そうした女性に放浪者フランクが惹かれる理由が、フランクの意識を超えてしまっているわけだ。ここで重要なのは、彼らがまさしく正反対の人間であるように描かれることによって、やや逆説めくが、フランクの中に、実はまともな暮らしをしたいという欲望があるのではないか、という印象を読者に与えるという点である。つまり、彼はホーボーとして気楽な暮らしをしていると自分としては思っているわけだが、実際には、大恐慌時代のアメリカにおいては他にどうしようもないからホーボーとして生きてきたのであり、そうした身も蓋もない「現実」を自分自身の目から隠すために、ホーボー生活を自分で選びとったかのように振る舞ってきたのではないだろうか。

こうした文脈では同時代の「ホーボー小説」として、エドワード・アンダソンの『飢えた男たち』(三五)などを想起してもよいのだが、ともあれ当時の読者はそういったホーボーがアメリカの至るところにいるという社会的な「現実」をよく知っていたわけであり、だとすればいま述べたような「リアリスティック」な読み方も、おそらくそれほど的外れではないだろう。結局のところ、フランクの「放浪」は、実際にはどこにも行き着くことがない「逃亡」、つまり閉塞した世界の中で虚しく動いていただけのものにすぎない。それは取りも直さず、いずれはコーラのいる安食堂に突き当たってしまう「さだめ」にあったということであり、だからこそコーラはフランクにとって「宿命の女」になるのだ。

その「宿命の女」であるコーラについては、自分の人生について失敗したと思っていると示唆しておいたが、実はこの「失敗」も、いかにもノワール的な形で時代性を反映している。コーラはそもそも女優になろうとしてハリウッドにやってきたものの、そこで夢破れた女性であるわけだ。この設定には、一九一九年から二九年の十年間に、一九歳から二五歳までの女性がおよそ二〇万人もそこに押し寄せたというリアリスティックな時代背景があるのだが、ノワールという文脈で重要なポイントはもちろん、「夢工場」としてのハリウッドが、そこに夢を抱いてやってきたほとんどの人々にとって「悪夢」を生産する場に他ならなかったということである。

こうしたハリウッドという場所のリアリスティックかつ象徴的な性格——大きなコンテクストでいえば、この「夢」と「悪夢」に、例えば近過去である二〇年代の繁栄と三〇年代の恐慌の落差が重ねあわされたりするわけだが——に対して、小説家はもちろん最初から敏感に反応しており、そのことはハリー・レオン・ウィルソンによる『活動写真のマートン』(一九)からバッド・シュールバーグの『何がサミイを走らせるのか?』(四一)に至る初期の映画小説において、一貫して顕著な特徴となっている。風俗小説家としての才に長けていたF・スコット・フィッツジェラルドが『夜はやさし』(三四)や『ラスト・タイクーン』(四一)という閉塞感が強く漂う作品で映画界を扱ったことはよく知られているが、やはりこの点に関しては、ナサニエル・ウェストの『いなごの日』(三九)はもちろん、エリック・ナイトの『黒に賭けると赤が出る』(三八)、チャンドラーの『かわいい女』(四九)といったノワール系の作家達の作品が目立つといっていいだろう。

とりわけ注目に値するのがホレス・マッコイで、もともと俳優や脚本家になるというキャリア選択も考えていた彼は、『彼らは廃馬を撃つ』(三五)と『故郷《くに》にいればよかった』(三八)というハリウッドを舞台とした二冊の小説を書いている。この二冊のうち、重要なのはやはり代表作である『彼らは廃馬を撃つ』だろう。これはアメリカの生んだ最良の実存主義文学の一冊に数えられることもあり、実際、主人公がヒロインを撃ち殺すラストシーンまで読んだとき、カミュの『異邦人』を思い出さないのが難しいくらいだ。偉大な映画監督になるつもりでハリウッドにやってきた主人公ロバート・サイヴァーテンが、金がなくて困っていたところ、女優志望のグロリア・ビーティに誘われて「マラソン・ダンス」に参加するという物語である。

このマラソン・ダンスというのは、大恐慌時代のアメリカに現実に存在した競技であり、マッコイの小説の中では、男女二人がペアになってひたすら、つまり二時間に一〇分程度のごく短い休憩を挟むだけで、不眠不休で踊り続ける。これは「競技」とはいっても、本質的には「見世物」に他ならず、実際、会場には観客がいて、お気に入りのペアのスポンサーになり、衣服などを提供したりもする。このように見てくると、観客と参加者の関係は、資本家と労働者の関係に近いことがわかるだろう。事実、ロバートを誘うときのグロリアは、マラソン・ダンスに参加すれば、そのあいだは食いっぱぐれることはないと説得するのだ。「夢」を見てハリウッドにやってきたはずの彼らは、ここで散文的な「仕事」として楽しくもないのに踊っているのである。しかも彼らは同じところをただぐるぐると回っているだけなのだから、この「マラソン・ダンス」は、ゴールがないという点において「マラソン」ではなく、楽しくもないという点において「ダンス」でもない。はっきりいってしまえば、このグロテスクな競技は彼らの——あるいは我々の——人生そのもののメタファーなのだ。

このような陰々滅々としたマラソン・ダンスは、八七九時間(五週間強)続いたところで生じた事件のために呆気なく中断され、勝者のいない形でどうにも虚しく終わりを迎えることとなる。こうした「人生」の虚しさを味わったロバートは、「人生」に対する希望というものを失ってしまう。そしてこんな人生にはおさらばしたいというグロリアに請われて、彼女を銃で殺すに至るのだ。ちなみに、このロバートのダンス・パートナーは、アメリカ文学における「ネガティヴ女性コンテスト」とでもいうものがあればおそらく優勝するのではないかと思われるほどにネガティヴな人物で、八七九時間のあいだ、こんな人生には生きる価値がないとロバートにひたすらいい続ける(妊娠した女性に向かっては、堕胎するように強く勧めたりする)。『郵便配達』のフランクとコーラとは少し形を異にするが、グロリアもロバートと対照的であるがゆえに「ダブル」でもあるという人物で、彼女のネガティヴな言葉は、「現実」から目を背けて「夢」に逃げようとするロバートの、心の声とでも呼ぶべきものとして考えられるだろう。

さて、ここまで見てきた大恐慌時代の小説において、ほとんどの登場人物は、人生という競技における負け組、あるいはほとんどゲームにおける「コマ」のような存在であった。ロバートの場合はわかりやすい例だが、『郵便配達』のフランクとコーラにしても、殺人を犯したあといったん無罪として放免されるが、これも実は検事と弁護士のあいだの「ゲーム」の結果という形で提示されているのだ。『殺人保険』にしても、保険業界がルーレットの比喩で語られる箇所がある。そしてウィリアム・リンゼイ・グレシャムの『悪夢小路』(四六)という、フリークショーを背景としたカルト的なノワール小説も、各章がタロットカードの名称で構成されており、そこから〈外〉へ出られないことが示唆される。

また、このように主人公が抑圧的な「人生ゲーム」に閉じこめられてしまうという話の文脈では、黒人主人公が白人の気まぐれに巻きこまれ、知らないうちに殺人を犯してしまうリチャード・ライトの『アメリカの息子』(四〇)などに触れておくこともできるだろうし、おそらく黒人初のノワール作家であるチェスター・ハイムズ(監獄で小説を書き始めたという作家である)の『喚き出したら放してやれ』(四五)も同様に、黒人男性が白人女性をレイプしたと疑われて窮地に陥る物語である。この主題はもちろん、フォークナーの「乾燥の九月」(三一)や、コールドウェルの『七月の騒動』(四〇)などでも扱われており、それらは白人視点で書かれているために南部の社会問題を扱ったという性格が強いものだが、それを黒人視点からノワーリッシュに書くことにより、そうした社会問題が黒人の立場からはいかに不条理に抑圧的なものであるのかが、読み手に実感されることになるのだ。なお、この流れで紹介すると「ネタバレ」になってしまうのだが、時代が下って一九五五年に出版されたチャールズ・ウィルフォードの『ピックアップ』は、いま述べてきたようなことに興味がおありの方には、ぜひ読んでいただきたい作品である。

脱出への願望（ロマンス）

こうして見てきたように、初期ノワール小説の登場人物達はしばしば、わけのわからないうちに人生という「ゲーム」の「コマ」にされてしまっている。小説に登場したときのフランクやロバートがそうであったように、ずっとわからないままでいられればある意味では幸せだったのかもしれないが、彼らはやがてそのことに気づかされる。ロバートのように、気づいてしまったときに諦めてしまう例もあるわけだが、たいていのノワール小説においては、主人公達はその「ゲーム」から逃れようとするか、何とかして「ゲーム」における「コマ」ではなく、「プレイヤー」になろうとするだろう。もちろん、『ガラスの鍵』（三一）の主人公が負けのこんだ賭博師として登場してくることに端的に示されているように、仮に「プレイヤー」になったところでどうせ「黒に賭けると赤が出る」のだから、結果的に彼らは「ゲーム」の外に出ることなど決してできはしないのだが、それで

AVON/N250/95¢
The classic American novel
by HORACE McCOY
now a brilliant ABC Pictures Corp. film
THEY SHOOT HORSES, DON'T THEY?

LION LIBRARY 35¢
LIKE A RAZOR-SHARP SHIV IN THE GUTS
HE SLASHED HIS WAY TO UNDERWORLD RULE
BENJAMIN APPEL
BRAIN GUY
"EXCITING, SWIFT, VIGOROUS..."
—New York Herald Tribune
LL 151

あったとしても、ノワール小説の「読みどころ」の一つが、閉塞的な「リアリスティック」な状況から、「ロマンティック」に脱出を試みようとする主人公達の奮闘にあることは間違いないだろう。そうした「ゲーム」からの「脱出」に関しては、さまざまなやり方があるようにも思えるかもしれない。だが、ここで意識しておかねばならないのは、ノワール小説の主人公達はもともと「コマ」にされているような人々なので、そうした目的をまっとうな手段で果たすわけにはいかない場合が多いということである。そう考えてみれば、ノワール小説に「暴力」、そして「犯罪」が出てくることが、ほとんど必然であると理解されもするだろう。「暴力」や「犯罪」とは、それらが身のまわりに存在していないということが「日常」の定義になるようなものだが、ノワール小説の世界に登場する人間達は、まさしくそうした「日常」によっていつの間にか抑圧されてしまっている存在なのだ(再び「ゲーム」の比喩を参照すれば、トンプソンの『おれの中の殺し屋』[五二]の主人公に、自分達は「曲がったキュー」で「ゲーム」を始めているという言葉がある)。そうした「日常」から脱出する手段が暴力的なものとなってしまうのは、ある意味では当然なのである。

小説における「暴力」という主題は、それ自体としても興味深いものだが、いま述べてきたような文脈において考えると、それは優れて二〇世紀的なトピックであるともいえるかもしれない。つまり、「暴力」とは、世紀転換期のリアリズム小説が「日常」を描こうとしたときに、おそらくは作品世界から排除し、不可視とせざるを得なかった主題なのであり、だからこそリアリズム以降の二〇世紀文学で「発見」されることになったのではないだろうか。実際、いかに暴力や犯罪が、我々の身のまわりにはないように思えたとしても、現実にはそうしたものは確かに存在しているわけで、とりわけ初期ノワール作家達の世代は、第一次大戦という「暴力」を経験し、それに続く二〇年代におけるギャングの勃興ぶりを、それこそ日常的に目にしながら育っているのだ。

したがって、フィッツジェラルドの『グレート・ギャツビー』(二五)のジェイ・ギャツビーがギャングとのコネクション――「ゴネグション」というべきかもしれないが――を持つことや、フォークナーの『サンクチュアリ』(三一)のテンプル・ドレイクがポパイ達のいるギャングの隠れ家的な場所に入りこんでしまうこと、そしてヘミングウェイの「殺し屋」(二七)でニック・アダムズが働く食堂にギャングの二人組が入ってくることなどは、当時の読者にとっては一定のリアリティがあったはずなのであり、そうした「現実味」があったからこそ、二〇年代にはノワール小説の直接の先行ジャンルといえる、犯罪小説が盛んに書かれるようになったのだろう。

そうしたギャングがらみの犯罪小説として最も有名な作品は、おそらくW・R・バーネットの代表作『リトル・シーザー』(二九)だろうが、これは『ギャツビー』から「ロマンティック」なところをとり去ったような小説で、「ギャングはしょせんギャングでしかない」という点が強調された作品になっている。ベンジャミン・アッペルの『ブレイン・ガイ』(三四)は、『ギャッビー』にはマイヤー・ウルフシェイムとして登場する実在のギャング、アーノルド・ロスタインをモデルとした主人公が、成り上がっていくところを描いたものだ。ハメットの長編第一作『赤い収穫』が、ギャングの裏切りに満ちた抗争を扱った作品であることを想起しておいてもいい。さらにいえば、チャールズ・フランシス・コウという作家には『おれはギャングだ』(二七)という作品などもあり、これは「悪」がまったく魅力的に書かれない小説なので、読んでいてまったく面白くないのだが、こういったストレートなタイトルの作品が書かれたという事実は、当時の読者が「ギャング」に向けていた強い関心を示唆するはずである。

純文学であれ、あるいは大衆文学であれ、こういった「ギャング」を扱ったさまざまな小説が頻繁に書かれるようになった背景には、いま述べてきたように、実際にギャングが目に見える「現実」として存在していたという事実がある。そうした「風俗」を作家が作品にとりこんでいくというのはそれ自体として自然な現象だろうし、こうした傾向は、ギャングと癒着することになった警察サイドを描いた「悪徳警官もの」がこの時期から書かれ出したこととも連動していると考えていいだろう(一例をあげると、P・J・ウルフソンの『肉体は塵だ』[三一])。だが、そういった作品が三〇年代のノワール小説へと道を拓いていくことができたのは、それらが単に風俗小説としての面白さを備えていたからではなかったかもしれない。そこには一種の「ヒーロー信仰」(あるいは「アンチヒーロー信仰」)があったように思えるのだ。

この点に関しては、三〇年代の初頭に爆発的な人気を誇ったギャング映画を引きあいに出して考えるのがわかりやすいだろう。ギャング映画の古典的名作を三つあげろといわれたなら、『リトル・シーザー』の映画版である『犯罪王リコ』(三一)、ジェイムズ・キャグニーがグレープフルーツを女優の顔に叩きつけるシーンがあまりにも有名な『民衆の敵』(三一)、そしてアル・カポネをモデルとした『暗黒街の顔役』(三二)の三作をあげておけばおそらく大きな反対は出ないはずだが、この三作がすべて三〇年代に入ってから、つまり大恐慌の時代になってから制作されたことは、やはり偶然ではないと思われる。

ハリウッドでは、一九三四年にいわゆる「ヘイズ・コード」という自主規制ルールが制定され、「犯罪を魅力的に描いてはならない」という理由でギャング映画は作られなくなってしまうのだが、この「コード」から翻ってみると明らかなように、こうしたギャング映画のヒーロー達は、観客にとってまさに魅力的な存在として描かれている。もちろんというべきか、最後の五分くらいで主人公は突然改心したり、急に惨めな死を遂げたりするのだが、こうした結末がいかにも「取って付けたもの」であるのは、やはりこうした映画が犯罪者を魅力的に描いていることの証といってもいいだろう。スタインベックの貧農は誰を撃てばいいのかわからず途方に暮れるばかりだったが、そうした抑圧されている民衆のストレスを、マシンガンを撃ちまくる銀幕のギャング達——出自はそろって貧しい——は発散してくれたのだ。

こうした観点からは、三〇年代が『フランケンシュタイン』(三一)や『キング・コング』(三三)といった、モンスター映画の流行期であったことにも触れておけるだろう。とりわけ『キング・コング』など、ほとんど「ノワール」の見本と呼びたくなるような作品となっている。それはどこかの島で自然に囲まれてのんびり暮らしていた「コング」が、資本家達によって捕獲され、狭苦しい都会に強制的に連れてこられ、見世物にされ、そこから脱出しようとして町を破壊しまくり、最後は女性のために死んでいくという物語なのだから。

こういった「社会の敵」に対する民衆の共感——それは現実世界においても「社会の敵ナンバーワン」と呼ばれていたジョン・デリンジャーや、「ボニー・アンド・クライド」といった銀行強盗が三〇年代の前半にヒーローのように見なされるという形で顕在化していた——を、ノワール作家は作品にとりこんでいく。例えば、「ボニー・アンド・クライド」をモデルにしていると思われるアンダソンの『俺たちと同じ泥棒』(三七)は、資本家は自分達と同じ泥棒なのだと主張する銀行強盗一味の話だが、そこではそういった犯罪者を支援する人々の姿も描かれ、そういった人々こそが「リアル・ピープル」だといわれたりする。あるいはバーネットの『ハイ・シエラ』（四〇）なども、主人公は刑務所から出てきたばかりの強盗であるが、彼が最初に意気投合する人物は、善良であるがゆえに失敗してしまった農民とされているのである。

もっとも、ノワール「小説」の場合は、九〇分ほどで完結させなければならないギャング「映画」よりも情報を多く供給できるためもあってか、民衆（＝読者）と犯罪者のあいだのシンパシーを相対化する皮肉な視点も盛りこまれるケースが多いようにも思える。いま触れた二つの小説にしても、『俺たちと同じ泥棒』においては、貧乏人は欲求不満の捌け口として犯罪者を美化しているだけだとはっきり書かれているし、『ハイ・シエラ』の方でも、結局は犯罪者であるにすぎない主人公は、一般人とは同じ世界に住めないことが強調されるのだ。だが、そうはいっても、こうした「相対化」には戦略的なところもあると考えるべきだろう。つまり、主人公達が自分はただの犯罪者にすぎず、結局は真人間に戻ることなどできない、つまり閉塞した世界の外部に出ることなどどうしてもできないのだと思い知らされてしまうからこそ、物語を最後まで読む読者は、彼らに対してシンパシーを抱かされることになるわけだ。

こうしたノワール小説における「読者の位置」をよくわかって書いていた作家が、初期ノワール作家達からは少しだけ遅れてデビューすることになったチャンドラーだった。先行者であるハメットの探偵達は、犯罪者達とほとんど変わらない――というのがいいすぎであったとしても、少なくともその境界が曖昧になるような瞬間が作品内で訪れるのだが、チャンドラーの探偵フィリップ・マーロウの場合には、そのようなことは起こらない。『さらば愛しき女《ひと》よ』(四〇)に特に顕著だが、事件を解決するマーロウは、うっかり「夢」を見てしまったために身を滅ぼす者達の人生を、常に外側から、つまりノワール小説の読者のような視点から「しみじみ」と見ているのである。

こうした図式は、チャンドラーが『殺人保険』の映画版である『深夜の告白』(四四)に脚本家として参加したときに、主人公の上司の重要性を高め、その上司の「父親」的な視点、すなわち主人公の破滅をしみじみと眺める叙情的な視点を、物語の中に組みこんだことからも確認されるだろう。もっとも、ここまで行くと「ノワール」というよりほとんど「メタノワール」という感じになっているようにも思えるし、それをいえば、そもそも同じ探偵を何度も使うチャンドラーの小説では、主人公が決して破滅しないことがあらかじめ保証されている。チャンドラーの叙情的な作品は、ハードボイルド小説の様式的な洗練を進めたことと引き換えに、ノワール的な強度を失っていると考えるべきかもしれない。

付言しておけば、こうした意味でチャンドラーといくらか似たタイプの同時代作家としてコーネル・ウールリッチ/ウィリアム・アイリッシュがいる。日本では江戸川乱歩が激賞した『幻の女』

350
TOO HOT TO HANDLE!
YOUR RED WAGON
(THIEVES LIKE US)
EDWARD ANDERSON
Cathy O'Donnell and Farley Granger as they appear in the RKO motion picture made from this unusual novel
A Bantam Book
COMPLETE & UNABRIDGED

"IT IS HIGH TIME WOOLRICH WAS REDISCOVERED."
L.A. Times
CORNELL WOOLRICH
writing as WILLIAM IRISH
Waltz Into Darkness
A very proper gentleman under the spell of a very wicked lady...

（四二）が最も読まれているだろうが、本書の文脈で興味深いのは、むしろ主人公がファム・ファタールに惚れ抜いてボロボロになってしまう『暗闇へのワルツ』（四七）の方である。ただ、ウールリッチの作品は、破滅する主人公に寄り添って書かれるあまり、叙情性は高められている一方で、初期ノワール小説に相応しい社会批判的な性格はほとんど感じられない（主人公も経済的に困窮していたりはしない）。ウールリッチは二〇年代から三〇年代の初頭にかけていわゆる「普通の小説」も書いていたのだが（これらはいわば「幻の本」で、私は残念ながら現物を目にしたことがない）、ノワール作家としてデビューしたのは四〇年代であり、やはり初期ノワール小説とは区別しておくべきだろう。

必然的な失敗（悲劇）

こうして初期ノワール小説の主人公達は、自分を閉じこめている抑圧的な状況から逃れようとして、最終的には当然のように失敗する。そうした彼らのロマンティックな奮闘と破滅は、一つには彼らを閉じこめる社会への批判となり、もう一つには読者の共感を呼び寄せる機能を担っているわけだが、さらに一点、いま「当然のように失敗する」といったことと絡んで重要となるのは、それが彼らの物語に「悲劇」の感覚を付与するという点である。もちろんここで本格的な「悲劇論」を展開する余裕などないが、それでも初期ノワール作家達と同世代のモダニズム作家達が、「悲劇」という古典的ジャンルに対して強い憧れを持っていたことは指摘しておけるだろう。フィツジェラルドの『ギャツビー』にしても、フォークナーの『アブサロム』にしても、「悲劇」を現代に蘇らせようとした作品であるといえるのだ。

しかしながら、「悲劇」とはそもそも「小説以前」のジャンルである。それは神々の戦いや国家の興亡を描くのに相応しい叙事詩的な文学形式なのであり、登場人物はいわゆる「普通の人間」ではない。「悲劇」に登場するのは人間を「人間」たらしめる「公私の区別」を持たない存在であり、彼らはあらかじめ定められた「運命」に忠実に振る舞い、そうした「運命」に敗れ去っていく。「悲劇」とはそのようにして「既に起こってしまったこと」を描くジャンルなのであり、それは取りも直さず、たとえ過去時制で書かれていようと基本的には「現在進行形」の場面で揺れ動く「普通の人間」を扱う近代小説とは本質的に相性がよくないということである。したがって、一九世紀のロマンス作家であればまだしも、リアリズム文学を通過した二〇世紀小説においては、「悲劇」をそのままの形で復活させることは難しい。実際、フィツジェラルドにしてもフォークナーにしても、ジェイ・ギャツビーやトマス・サトペンの悲劇を、ニック・キャラウェイやクエンティン・コンプソンの「解釈」を通すことによって相対化することを忘れなかった。

ではノワール作家の場合はどうか。彼らの場合、もっとストレートな形で「悲劇」というフォーマットを信じていたように思える。ケインの『郵便配達』と『殺人保険』が死を前にした犯罪者の告白であることや、マッコイの『彼らは廃馬を撃つ』が、ロバートが死刑判決を受けているあいだのフラッシュバックという形でストーリーを提示していることは、それぞれの物語における主人公の運命が既に決定した状態で始まっていることを意味する。こうした形式的な工夫は、最初期のノワール作家達が「悲劇」のフォーマットを意識的に利用しようとしていたという印象を与えるだろう。だが、以後のノワール作家達は一般的に、こうした技巧を用いたりはしていないようだ。そんな面倒くさいことをしなくても、犯罪者達が出てくる話なので、結末が悲劇的なものになることを読者はわかって読むはずだと、彼らは考えていたのかもしれない。

こうした創作スタンスは、純文学的な観点からすれば、少々だらしないように見えなくもない。実際、これは彼らが「大衆文学」の作家であり、登場人物の造型がかなりの程度「ロマンス」的な「フラット・キャラクター」であることに起因しているともいえるだろう。だが、ノワール小説の主人公が、閉塞した世界に閉じこめられたキャラクターであり、ともすれば自分が抑圧されていることにさえ気づかないほど深く抑圧されてしまっている存在として設定されている点に鑑みるなら、そうした世界における彼らの振る舞いが「フラット」なものとなり、「運命」に反抗して必然的に破れるという「悲劇」的なものになるというのは、それこそ必然であるともいえるはずだ。「運命」を回避して普通の「人間」として新規まき直しができる程度の生温い環境に暮らしているのなら、ノワール小説の主人公になる必要はないのだから。

しかも、ノワール小説と「暴力」の関係について述べておいたように、ノワール小説とはそもそも「日常」なるものの欺瞞性に挑み、「日常」がいかに抑圧的なものであるかを暴き立てるような作品である。だとすれば、その文学形式が、「日常」を描く「リアリズム小説」によって抑圧されたスタイルとなっているのは、極めて理に適ったことというべきだろう。実際、モダニズム作家達が「悲劇」に接近していったのは、そのようなやり方でリアリズム小説の限界を超えようとしたためでもあったはずだ——もっとも、純文学のフィールドでは、第二次大戦後はしばらく、もはや「悲劇」などどこにもないといったポストモダン的な雰囲気が強くなるわけだが。

第二次大戦後のノワール小説

本稿の目的は三〇年代の初期ノワール小説に関する大まかな見取り図を示すことであるが、第二次大戦後のノワール小説についても少しだけ触れておこう。第二次大戦後の純文学作家はまともに

「悲劇」を書こうとしなくなったが、ノワール作家達は相変わらず「悲劇」を書き続けている。しかしながら、そこにはやはり変容というものが起こった。ひと言でいうと、初期ノワールに強くあった社会批判的な意識が薄くなり、代わりに個人の内面、より限定的には異常な心理状態といったものに作品の焦点があわされていくことになったのである。わかりやすい例をあげれば、初期ノワール小説における犯罪の（直接的）動機はたいてい「金と女」であったが、第二次大戦後の作品では、あらかじめ「自我」なるものが深く損なわれているといったタイプの人物が繰り返し登場することになるのだ（このシフトはフィルム・ノワールの方でも起こることで、そうした作品の代表例を一つあげるとすれば一九四九年の『白熱』あたりか）。

そうした戦後ノワールの筆頭格は、やはり何といっても『おれの中の殺し屋』や『死ぬほどいい女』（五四）――これは最後の場面では、主人公の自我が完全に分裂してしまい、一行ごとに違う「意識の流れ」が印刷されることになる――を書いたトンプソンだろうが、ドロシー・B・ヒューズの『孤独な場所で』（四七）なども連続殺人鬼の物語であるし、アル中探偵マット・スカダーや泥棒バーニイのシリーズでブレイクする前のローレンス・ブロックなども、女性を麻薬中毒にしてしまうラストシーンが忘れがたい印象を残す『モナ』（六一）のようなノワール小説を書いている。過去のトラウマ的な事件にとらわれる主人公をほとんどオブセッションのように、『キャシディの女』（五一）、

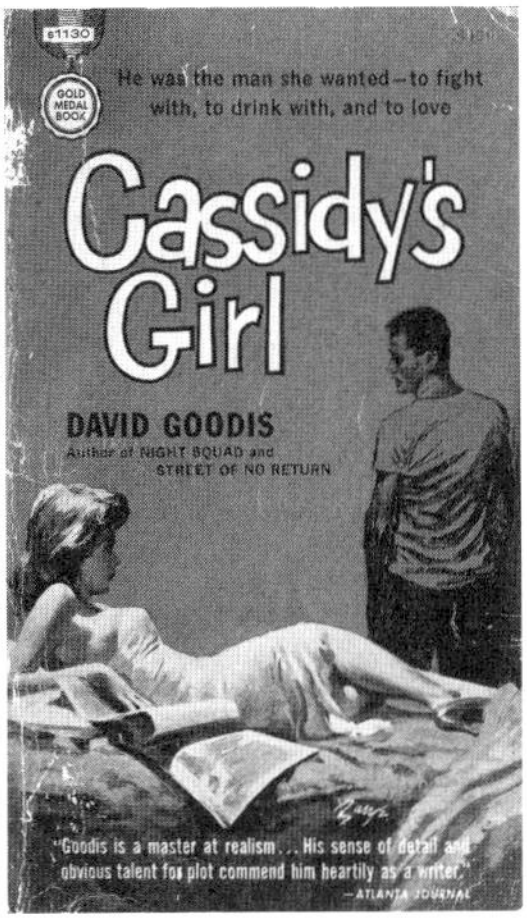
s1130
GOLD MEDAL BOOK
He was the man she wanted—to fight with, to drink with, and to love
Cassidy's Girl
DAVID GOODIS
Author of NIGHT SQUAD and STREET OF NO RETURN
"Goodis is a master at realism... His sense of detail and obvious talent for plot commend him heartily as a writer."
—ATLANTA JOURNAL

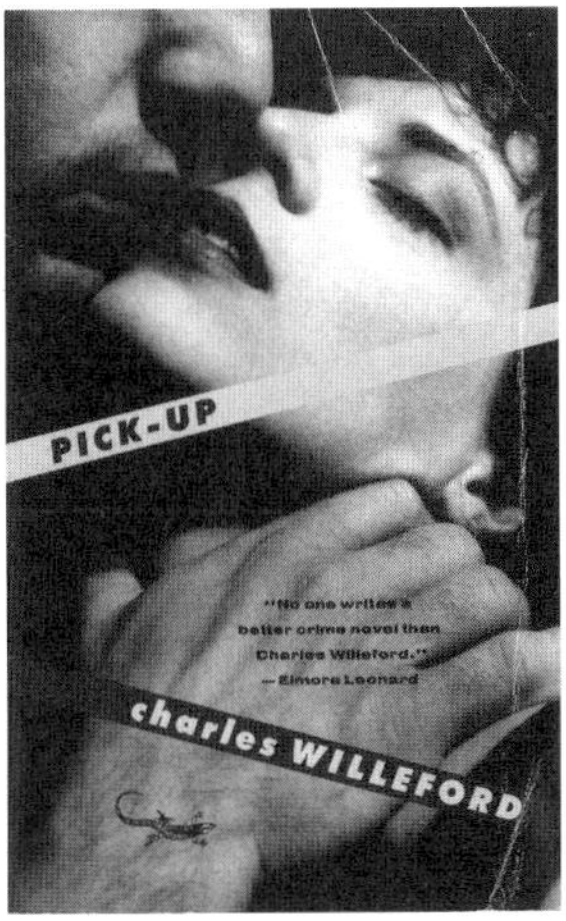
PICK-UP
"No one writes a better crime novel than Charles Willeford."
—Elmore Leonard
charles WILLEFORD

『狼は天使の匂い』(五四)、『ピアニストを撃て』(五六)といった作品で何度も描いたデイヴィド・グーディスのような作家も、戦後ノワールを代表する作家といっていいだろう。

戦後に活躍したノワール作家はもちろん他にも大勢いるのだが、彼らについて論じるには稿をあらためなくてはならない。というのは、本稿は三〇年代の初期ノワール小説の魅力について主に三つの観点から述べてきたが、そこであげた三つのポイントが、大戦後のノワールではのきなみ弱くなってしまったからである。不況という「リアリスティック」な社会的背景がなく、主人公自身が単に異常であるということになると、読み手は主人公に共感するのがどうしても難しくなるだろうし、そうなるといささか逆説的なことに、提示される「悲劇」からは「不条理」の感覚も消えてしまうのだ(「頭がおかしいのだから仕方がない」と簡単に「納得」できてしまうわけである)。

もちろん、例えば五〇年代には五〇年代なりの「社会的現実」があり、登場人物達の異常さは、冷戦時代の実存的な病の表出でもあっただろう。したがって、戦後ノワールに正当な評価を与えるには、右の議論で素描してきた初期ノワール小説の「詩学」とは少し異なる物差しが必要となるはずである。だが、そうした限界を意識しつつも、戦後ノワールには小説としての出来が悪いものが多いように見えることは付言しておけるかもしれない。おそらくは四〇年代に起こったフィルム・ノワールの流行の影響で、ノワール系の作品が(定義はされないものの)「ジャンル」のように認知

"Jim Thompson is the best suspense writer going, bar none."
—The New York Times
jim THOMPSON
a HELL of a WOMAN

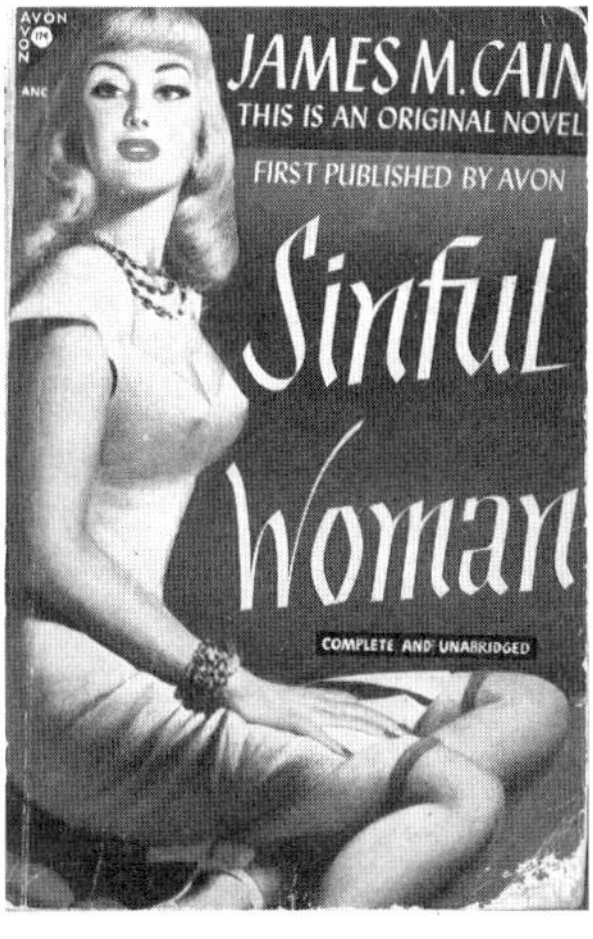
AVON
JAMES M. CAIN
THIS IS AN ORIGINAL NOVEL
FIRST PUBLISHED BY AVON
Sinful Woman
COMPLETE AND UNABRIDGED

されて需要が高まった結果、ペイパーバック・ライター達による粗製濫造といった現象が起こっているようだし、筆力のある作家達にしても、先にチャンドラーやウールリッチに触れておいたが、だんだん「様式美」に傾き、作品から迫力が消えていったように思える（グーディスも『キャシディの女』以外はいささか「ぬるい」作品だろう）。膨大な作品群の中から優れた作品を抽出し、戦後ノワールの意義を正確に査定するのは、まだまだこれからの課題である。

自然主義という起源

最後に、ノワール小説の起源を世紀転換期の自然主義文学に見ることができるのではないか、という問題を提起しておきたい。ハードボイルド小説の源流がしばしばウェスタンといわれるのに対し、ノワール小説の直接的先行ジャンルは二〇年代の犯罪小説とされるのだろうが、そこからもう少し遡って、自然主義にまでは起源をたどれるのではないかということである。

実際、本稿であげた三つのポイントを中心とする初期ノワール小説の特徴は、すべて自然主義の文脈でも考えることができそうに思える。例えばアメリカ最初の自然主義小説家とされるスティーヴン・クレインの『街の女マギー』（一八九三）であるが、貧しいスラムに生まれた主人公が、そこから外へ出ることを夢見るものの、結局はそれに失敗して惨めな死を遂げるというストーリーをとり出せば、ほとんどそのままノワール小説になりそうだ。シオドア・ドライサーの『シスター・キャリー』(一九〇〇)のジョージ・ハーストウッドの転落の物語や、『アメリカの悲劇』(二五)でクライド・グリフィスを襲う不条理な運命なども同様だろう(『アメリカの悲劇』の黒人版である『アメリカの息子』に関しては既に触れておいた)。また、フランク・ノリスの『マクティーグ』(一八九九)にしても、友人の裏切り、金の亡者となってしまう妻、性に暴力に殺人、そして逃亡の果てに死の谷で死を待つところで終わるという結末など、どこをとってもノワールという感じがするほどだ。

多少なりとも図式的に整理すると、自然主義といえば「遺伝」と「環境」によって人間が支配されると決まっていわれるが、アメリカ文学においては概して「環境型」の自然主義が発展した。これはある意味では当然の話であり、「遺伝型」の方、つまり酒を飲むとアイリッシュの血が目覚めて暴力的になったり、ユダヤ人というだけで金にフェティッシュな欲望を抱いたりする「フラット・キャラクター」であふれた『マクティーグ』のような漫画的な作品がいくつも書かれる方がおかしいだろう。したがって、『マクティーグ』のあと「小麦三部作」へと向かったノリス自身のキャリアが示唆するように、概して自然主義作家は人間をコントロールする「環境」を精緻に分析する方向へと進み、三〇年代の社会派リアリズムへの道を拓くことになった。

こういった「社会派リアリズム」的な面が初期ノワールにも見られる点は確認しておいたが、そこで最後に強調しておくべきは、もう一方の「遺伝型」、いま「漫画的」と表現したが、そちらの「ロマンス」的な流れも初期ノワールには——あるいは初期ノワールにこそ——注いでいるように思えるということである。自然主義文学、とりわけ初期の自然主義文学はストーリー展開がかなり派手で、大衆小説的であるといえるだろうが、実際、アメリカ自然主義作家随一の理論家であったノリスが自分の作品を「反リアリズム」=「ロマンス」と呼んでいたことの正しさが、ノワール小説を読むことによって実感されるのではないだろうか。

ノワール小説の起源としての自然主義小説や、第二次大戦後のノワール小説への言及を含めてしまったこともあり、全体としていささかまとまりを欠いた、粗い話になってしまったかもしれない。以下の各章・各論が、本章の不備を多少なりとも補ってくれることを期待したいが、しかしいずれにしても、ノワール小説研究はまだ端緒についたばかりであり、初期ノワール小説に関する大まかな見取り図としては、ひとまずこれで十分としておきたい。

Ⅱ　黒の光芒

ノワール小説の可能性、あるいはフィルム・ノワール

「小説」と「映画」の幸福な関係

「ハリウッドが『○○』を映画化するんだって」というフレーズを耳にしたり口にしたりしたことがある人は多いだろう。実際、書店を訪れてみれば必ずといっていいほど、「映画化決定！」という帯を巻かれた文庫本が平積みになっている。数十年前からずっと品切れだった小説が映画化を機に再版されることも、決して珍しい現象ではない。

映画化の結果、小説作品が（新たな）読者を獲得するのなら、それは慶賀すべきことのように思える――が、その「原作」を好きな人にとって、「ハリウッドによる映画化」とは、手放しで喜べる事

態ではないかもしれない。小説を読んで自分なりに抱いていたイメージを、他人が映像化した作品が裏切らないことなどあり得ないし、数百頁の小説を二時間程度の映画に移し替えようとすれば、削らなくてはならない部分がどうしても出てくる。「映画化！」と声高に宣伝されればされるほど、自分の愛している小説が、ハリウッドの悪名高い商業主義によって無残に蹂躙されてしまうという予断を、ますます強く抱かされもするだろう。

かくして、文学作品の映画化が原作の愛好者を満足させるのはなかなか難しいということになる。いや、いささか皮肉な見方をしてしまうと、原作の愛好者は、映画版の「物足りなさ」を「確認」して「満足」するというべきだろうか。小説をうまく映画化することなど無理なので、そんなものに期待するのが間違いなのだ――そう切り捨ててしまう人もいるかもしれないし、それは今日ではほとんど「通説」となっているのかもしれない。

こういった「通説」が仮に二一世紀の現在においてはそれなりの正当性を備えているとしても、「小説」と「映画」は「ジャンル」が異なるのだから、ある小説をうまく――小説の愛読者の期待に添うような形で――映画化できないからといって、それは「映画」にとって必ずしも不名誉なことではないはずなのだが（映画の「ノベライゼーション」がほとんど「問題」にさえならないのはどうしてなのだろうか）、その点については措いておこう。ここでむしろ強調したいのは、ハリウッドが本当に「ハリウッド」であった時代、つまり一九五〇年代のはじめ頃までは、アメリカにおける「小説」と「映画」の関係は、現在よりもはるかに幸福なものであったように見えることだ。

いま、ハリウッドが本当に「ハリウッド」であった時代といったが、これについては簡単に説明しておく必要があるかもしれない。アメリカの大手映画制作会社（メジャー・スタジオ）は、「トーキー」が誕生した二〇年代の半ば頃から（初のトーキー映画は二七年の『ジャズ・シンガー』である）、全国規模のチェーン劇場を次々に買収するなどして、「制作→配給→上映」という流れを完全に掌握するようになった。このいわゆる「スタジオ・システム」は、やがて反トラスト訴訟を起こされ、四八年から（十年ほどかけて）解体されていくのだが、三〇年代から四〇年代には「ハリウッド」を一つの独立した「王国」として安定成長させ、その「黄金期」を築きあげることになる。単純化していってしまうと、大手スタジオで映画を撮れば、それを上映する場所＝需要は常にあるわけだから、一定の質を持った映画が一定のペースで次々と供給されていくことになったわけである。

スタジオ・システムはときに自動車会社のシステムとも比べられ、そこには会社が現場を「管理」するといったイメージも浮かぶ。これは——次節で触れる自主検閲の問題もあり——必ずしも間違った印象ではないのだが、しかし例えば一本の映画が興行的に失敗したからといって会社の経営が傾くことはなかったし、それゆえに監督はかなりの「自由」を手にしていた。また、トーキー撮影所を建設したハリウッドは、古い撮影所を低予算映画撮影所に転用し、そこで二本立てを前提とした短時間の「B級映画」を量産するようになるが、そうした映画においては、極端なことをいえば予算と納期さえ守ればよく、監督の裁量権はいっそう大きいものだった。

そのような黄金期にあったハリウッドが、「物語」を大量に必要としていたことは明らかだろうが、幸運な偶然というべきか、二〇年代から三〇年代にかけて、二〇世紀のアメリカ小説がその絶頂期を迎え、野心ある映画監督は小説を続々と映画化しながら腕を磨いていくことになる。しかも、まるで既存の物語だけでは不足とでもいうかのように、ハリウッドはしばしば作家をシナリオライターとして招聘したのである。もちろん、優れた小説家は必ずしも優れた脚本家ではなかったが、そのような時代、小説家が映画という後発メディア／新興芸術を意識しないでいることはとうてい不可能だったし、そうした意識は彼ら自身の創作活動にさまざまなレヴェルで反映されることになった。

「小説」と「映画」はそれぞれ独自の歴史において変化を遂げてきたジャンルであり、相互に与えてきた「影響」の度合いを正確に測定することは不可能というしかない。それでも、第二次世界大戦を挟んだ時代のアメリカでは、絶頂期を迎えた「小説」と黄金期の「映画」のあいだに、交感作用のようなものがあったように思われる。これはそれぞれのジャンルが栄えていたからこそ生じた幸福な関係であるはずだが、逆の観点からすれば、そういった関係があったからこそ、「小説」に何ができるのか、「映画」に何ができるのかといった問題がはっきりと意識化され、それぞれの「技術／芸術」が洗練されていったともいえるだろう。

ノワール小説とフィルム・ノワール

第二次世界大戦前後のアメリカにおける「小説」と「映画」の「幸福な関係」についてここで細かく検証していく余裕はないが、この関係を考えるための足がかりとして、以下の議論においては三〇年代に書かれた「ノワール小説」と四〇年代から撮られるようになった「フィルム・ノワール」の関係に目を向けてみたいと思う。

ただし、そうするにあたっては、(「黒い誘惑」の冒頭で述べておいたように) 小説であれ映画であれ「ノワール」とは定義が困難であることに、まず触れておかねばならない。そもそも、「ノワール小説」や「フィルム・ノワール」といった呼び方は、当時は存在していなかった。第二次大戦後のフランスで、アメリカ映画の新傾向を表す形容詞として「ノワール」という語が使われたというのが定説であるが、おおむね四一年の『マルタの鷹』(ジョン・ヒューストン監督) から五八年の『黒い罠』（オーソン・ウェルズ監督）に至るまでの（二五〇本以上ともいわれる）「暗い」作品を「フィルム・ノワール」と総称する風土が定着したのは、七〇年代に映画がアメリカの大学で教えられるようになってからだし、「ノワール小説」といういい方が英語圏において普通のものになったのはさらにあとのことである（フランスでは「セリ・ノワール＝暗黒叢書」によって四五年から多様なアメリカ小説が紹介されていたが）。

つまり、三〇年代から四〇年代という時代には、「ノワール小説」を書いている、あるいは「フィルム・ノワール」を撮っている自覚など誰にもなかったのであり、だとすれば「ノワール」が定義しがたいのも当然だろう。それは確固たる「形式／スタイル」というよりも、作品が持っている漠然とした「雰囲気」を指す言葉なのであり、ここでもまずは「出口のない閉塞した世界で、虚しくあがく人間を描いた作品」というくらいの意味で了解しておきたい。

さて、右に述べてきたような限界を意識しつつ、文学史的観点から大雑把にまとめてしまうと、アメリカにおけるノワール小説とは、世紀転換期の自然主義文学にその起源を見出すこともできるが、直接的には（禁酒法の影響でギャングが跋扈した）二〇年代の「犯罪小説」から生まれた、あるいはそれを洗練させたタイプの小説である。ダシール・ハメットやジェイムズ・M・ケインを嚆矢とする、長らく「ハードボイルド」という呼び方をされてきた作家が（その呼称が現在では無効になってしまったわけではないが)、ノワール小説の創成期を代表する存在といっていいだろう。

興味深いのは、フィルム・ノワールの代表的作品と見なされているものの多くが、そうしたノワール小説の映画化だったことである。そういった「映画化作品」には、「原作小説」とは似ても似つかぬものもあるが、ともあれ思いつくままにあげてみても(以下、タイトルは映画版の邦題による)、『マルタの鷹』(原作ハメット、小説三〇/映画四一)、『幻の女』(ウィリアム・アイリッシュ、四二/四四)、『深夜の告白』(ケイン、三六/四四)、『ブロンドの殺人者』(レイモンド・チャンドラー、四〇/四四)、『郵便配達は二度ベルを鳴らす』(ケイン、三四/四六)、『三つ数えろ』(チャンドラー、三九/四六)、『湖中の女』(チャンドラー、四三/四七)、『潜行者』(デイヴィド・グーディス、四六/四七)、『過去を逃れて』(ジェフリー・ホームズ、四六/四七)、『夜の人々』(エドワード・アンダソン、三七/四八)、『アスファルト・ジャングル』(W・R・バーネット、四九/五〇)、『復讐は俺に任せろ』(ウィリアム・P・マッギヴァーン、五三/五三)、『キッスで殺せ』(ミッキー・スピレイン、五二/五五)など、まさに枚挙にいとまがない。

このようにして、「ノワール小説」は四〇年代の半ばから次々と「フィルム・ノワール化」されていったわけだが、ここで注目しておきたいのは、ハメットやケインが活躍した時期が主に三〇年代であるのに対し、フィルム・ノワールは四〇年代になって登場したという「時間差」である。ハメッ

『幻の女』

トやケインが当時を代表する人気作家であった事実に鑑みると、彼らの小説が映画化されるのにこれほど時間がかかったのは不思議に感じられるかもしれないし（『マルタの鷹』は三一年と三六年にも映画化されているが、それらは原作の「雰囲気」をうまく伝えるものではないと見なされている）、そうした印象は例えばバーネットの『リトル・シーザー』（二九）が、三〇年代の初頭にはギャング映画の古典となる『犯罪王リコ』（マーヴィン・ルロイ監督、三一）として見事に映画化されたことを思うと、ますます強まるかもしれない。

この「時間差」をもたらした最大の原因は、三四年に完成されることになった「映画制作倫理規定」、いわゆる「ヘイズ・コード」にある。サイレント期の二〇年代から、映画とは「暴力」と「性」を（文字通り）見せつけるものだという批判は根強く存在していたのだが、成長産業としてのハリウッドはそうした保守的な世論に対処し、映画を万人に相応しい「健全な娯楽」とすべく、自主検閲組織を創設して細かい規則を定めることにしたわけである。

この「コード」制定によって壊滅的な打撃を受けたのが、フィルム・ノワールの重要な先駆となる「ギャング映画」だった。三〇年代の初頭には『犯罪王リコ』に加え、『民衆の敵』（ウィリアム・A・ウェルマン監督、三一）、『暗黒街の顔役』（ハワード・ホークス監督、三二）などの名作が相次いで作られたにもかかわらず、「犯罪行為を魅力的に描いてはならない」という規定がその発展を不可能にしてしまったのである。大恐慌の時代には、銀幕でマシンガンを撃ちまくるギャングの姿――そうした映画が『キング・コング』（メリアン・C・クーパー、アーネスト・B・シェードサック監督、三三）などの「怪物映画」と似た筋立てを持つのは偶然ではない――は、閉塞した社会への批判力を確かに持っていたのだが、ハリウッドは代表的なギャング俳優となったジェイムズ・キャグニーやエドワード・G・ロビンソンを、ウィリアム・キーリー監督の『Gメン』（三五）や『弾丸か投票か』（三六）などで「正義の味方」へと転身させ、保守的な社会との妥協を選ばざるを得なくなったのだ。

同様にして、サイレント時代に大流行した「ヴァンプ映画」――男が悪女にたぶらかされて身を滅ぼすというもの――も、三〇年代には「スクリューボール・コメディ」へとラディカルな変身を遂げることになる。そのわかりやすい例としては、『赤ちゃん教育』（ホークス監督、三八）をあげておけばよいだろう。ドタバタ喜劇にひとしきり笑ったあと、落ち着いて振り返ってみれば、主人公（ケイリー・グラント）の古生物学者としてのキャリアも結婚も瓦解させてしまうヒロイン（キャサリン・ヘプバーン）が、「ヴァンプ」の直系に属するキャラクターだとわかるはずだ。ヴァンプ映画においてはヒロインが男を骨抜きにしてしまうが、『赤ちゃん教育』で文字通り失われる恐竜の「骨」は明らかにファリック・シンボルであり、女装を余儀なくされたりもする主人公の「男らしさ」は徹底的に解体されている。もっとも、最後には――『或る夜の出来事』（フランク・キャプラ監督、三四）に

『犯罪王リコ』

しても、あるいは『ヒズ・ガール・フライデー』（ホークス監督、四〇）にしても――主人公はヒロインと収まるべきところに収まることにはなり、その意味においては、スクリューボール・コメディの規範転覆力は微温的なものにとどまっているとも見なせるだろう。

このように見てくると、ケインの作品のような、女と金を手に入れるために殺人を犯してしまうといった物語を、三〇年代のハリウッドが扱いあぐねたのは当然のように思われる。実際、暴力もダメ、妖婦もダメというのでは、ノワール小説の映画化などとうてい望むべくもないと感じられるのではないだろうか。だが、まさにそれゆえに興味深いのは、「コード」の抑圧が目に見えて弱まったわけでもないのに、四〇年代に入るとその映画化が始まったという事実である。いったいどのようにしてそれが可能になったのだろうか。

「語らないこと」と「映さないこと」

ビリー・ワイルダーがケインの『殺人保険』を読み、これなら「ハリウッドをのけぞらせることができる」と考えて『深夜の告白』を撮ったというのはよく知られたエピソードだが、映画化不可能と信じられていた題材をどう映像化するかという難問に対するワイルダーの、そして彼に続くフィルム・ノワールの監督達の答は——「コロンブスの卵」というべきか——「暴力」も「性」も直接映さなければいいという、極めてシンプルなものだった。この「答」はこれだけ聞くと拍子抜けさせられるかもしれないが、「フィルム・ノワール」が「ギャング映画」や「ヴァンプ映画」の系譜に連なることを思い出せば、そこに至る道筋は決して単純ではなかったと理解されるはずである。「犯罪」を扱った映画に「暴力」を出さないというのは大胆な発想の転換だし、「性」を直接見せないというのは、三〇年代の「スクリューボール・コメディ」を経由したからこそ得られた戦略だったと思われる。

このように考えてきて気づかされるのは、いささか逆説めくのだが、四〇年代において「映画」が「ノワール小説」を「発見」したのは必然だったのではないか、ということだ。つまり、「コード」の圧力によって、「暴力」はいけない、「性」もいけないという状態が長く続いていたからこそ、「映画」はノワール小説の「可能性」を見抜けたのではないだろうか。

こうした観点から興味深いのは、例えばケインの小説は「暴力」と「性」を描いているから「低俗」であるという通念は当時からもちろんあったわけだが、実際に『殺人保険』を繙いてみればわかるように、そこにはそもそも「暴力」と「性」に関する具体的な描写などないことである。保険の販売員ウォルター・ハフ（映画版ではウォルター・ネフ）はフィリス・ナードリンガー（映画版ではフィリス・ディートリクソン）と懇意となり、彼女の夫に傷害保険をかけて殺害する。だが、そのようなあからさまに扇情的な筋立てにもかかわらず、うっかりしていると、ハフとフィリスがいつ性行為に及んだかはわからないように書かれているのである。あるいは、車中での「殺人」のシーンを引用してみる。

俺は起き上がり、片手を彼の口にまわし、頭を後ろへ引っ張った。彼は両手で俺の手をつかんだ。葉巻はまだ指に挟まっていた。俺は空いている手でそれをとり、女に渡した。女は受けとった。俺は松葉杖を一本とり、彼の顎の下に引っかけた。それから何をしたかはいわないでおこう。だが二秒後には、首の骨の折れた彼は、シートの上で丸くなって崩れ落ちた。松葉杖の横木があたってついた鼻のちょうど上の皺を除けば、身体には傷ひとつついていなかった。

一人称の小説でありながら、肝腎の場面に関し、ケインは語り手に「何をしたかはいわないでおこう」といわせているのである。

ケインが「殺人」と「性交」の場面を描写しなかったのは、一つには三〇年代には「小説」にも「映画」と同様に、検閲の問題があったからだが（とりわけ「芸術」とは見なされていない「大衆小説」にその規制が強くあった）、より重要なのは、この時代までに、「小説」というジャンルは、「言葉の限界」を逆手にとる「アンダーステートメント」という省略の技法を発展させていたということである。最も有名な例はアーネスト・ヘミングウェイ——代表的短編「殺し屋」(二七)は、ロバート・シオドマク監督が『殺人者』(四六)という重要なフィルム・ノワールへと翻案する——の「氷山理論」だろう。作者は水面に出ている氷山の八分の一だけを描き、残りの八分の七は読者に想像させる方が高い文学的効果を得られるというわけだ。

言葉によっては語りつくせない大きな「現実」を、あえて「語らない」ことによって浮かびあがらせるというこのモダニスト的戦略は、同時代のウィリアム・フォークナーやF・スコット・フィツジェラルド——二人とも三〇年代にハリウッドに招聘される——といった作家達の作品にも見られ、二〇年代のアメリカ文学を世界的な水準へ引きあげることに寄与する。だが、当面の文脈において強調しておくべきは、それがノワール作家達の「ハードボイルド」的なスタイルを特徴づけるものでもあったことである。彼らの作品が二〇年代の「犯罪小説」と一線を画すものとなったのは、この方法論的意識のためだといっても過言ではない。

そのようなノワール作家達の洗練に、四〇年代の「映画」は追いつくことになる。いや、当時の文芸批評家達がケインやハメットの作品を正当に評価していたとはとてもいえない以上、むしろ「映画」こそノワール小説の芸術性に——そしてその「可能性」に——正しく反応できていたというべきかもしれない。ヒューストン監督がそれまで二度映画化されていた『マルタの鷹』をあえて題材とし（ちなみに、『マルタの鷹』においても、「性交」や「殺人」は小説前景では描かれていない）、全ショットの六分の一までも探偵サム・スペード（ハンフリー・ボガート）の背中を含むように――つまり、表情を見せないように――撮ったことは（▼次頁図版）、主人公が感情を見せないという、ハメットが徹底したハードボイルド・スタイルに対する、最高の「評価」というべきなのだ。

このようにして、「フィルム・ノワール」は「ノワール小説」と幸福な出会いを果たし、蜜月関係が始まるが、ここで重要なのは、フィルム・ノワールがノワール小説の単なる「コピー」ではないということである。別言すれば、『深夜の告白』で「性」や「暴力」が直接提示されないのは、『殺人保険』においてそれらが直接描かれていないことの当然の結果にすぎないわけではない。小説において「書けないこと」をどうするかという課題と、映画において「映せないこと」をどうするかという課題は、それぞれ異なる経緯によって出現した、似て非なる問題であるのだから。したがって、フィルム・ノワールがノワール小説に「追いついた」ときに確認されるべきは、「小説」より「映画」がジャンルとして「遅れていた」ことなどではなく、「映画」が「小説」から何を引き出し、どのような道を進んだかという点だろう。

ケインのハフが殺人場面を「語らない」のは、彼がその経験を「語りたくない」からであり、そ

『マルタの鷹』

れはすなわち、ケインがこの殺人犯を冷酷非情な怪物などではなく、あくまでも「人間」として描こうとしていたことを示唆する。それに対し、『深夜の告白』で殺人場面が提示されないのは、検閲の問題があり、ネフ（フレッド・マクマレイ）が男の首の骨を折るシーンなど、映すわけにはいかなかったからである。だが、それを「映さない」ことは、すなわち別のものを「映す」ことを意味した——運転席に座るフィリス（バーバラ・スタンウィック）の表情である。瞬きひとつせず、仮面のような、そしてかすかに微笑んでいるようにさえ見えるその顔を映すことにより、ワイルダーは彼女こそが状況をコントロールしていることを示すのだ。（▼次頁図版）

このようにして、同じように「提示されない」シーンではあっても、小説と映画とでは力点の置き方が微妙に異なっているのだが、この場面を例にして指摘できるもう一つの点は、映画の方が情報量が多いということである。検閲を逃れるために何を見せておくかという問題は、限られた時間（一〇六分）の中で何をどう見せるべきかという問題と通底していたのであり、それゆえにこの時期の「映画」は、効率よく物語を見せるために、個々のシーンに複数の「意味」をこめる技術を洗練させていった。ネフの前にフィリスがはじめて姿をあらわすとき、カメラが印象づけるのは彼女のアンクレットであり、プラチナ・ブロンドの鬘である（▼次々頁図版）。彼女が男を惑わす美女であることは、そういった「記号」を見せておきさえすれば十分伝わるのであり、またそのようにしてセ

『深夜の告白』

『深夜の告白』

クシュアリティが「記号化」されることによって、彼女の魅力が「フェイク」であることさえも示されているわけである。

ノワール作品の核

『深夜の告白』が原作の『殺人保険』よりも芸術作品として優れているという定説は、こういった「語りの経済性」によっても確認されるのだが、それに通じる点として見ておきたいのは、このように効率的な語りを目指すことにより、ノワール作品にとって「核」となる主題が、原作以上に引き立てられていることである。実は自分ではなく女が主導権を握っていたという設定は、出口のない世界で虚しくあがく主人公を描くノワール作品には頻出する事態であり、それゆえにその女性は「宿命の女／ファム・ファタール」と呼ばれる特権的存在となる。つまり、ファム・ファタールとは、主人公の「別」の世界へ行きたいという「夢」と、そうすることなど決してできはしないという「現実＝悪夢」を、同時に体現する象徴的存在なのである。

こうしたファム・ファタールの二重性をワイルダーがうまく提示していることは、先に触れたアンクレットや鬘の例からもうかがえるが、その上で押えておきたいのは、ファム・ファタールが主人公にとって「夢と現実」を象徴するという事実が、物語の「主題」はファム・ファタールの「魅力」それ自体にあるのではなく、彼女に惹かれてしまう主人公の「主体性」に置かれていることを意味するという点である。気楽な生活を送っているように見えるハフ／ネフが、心の底ではずっと「誘惑」を待ち望んでいたというのがノワール作品としての「キモ」なのだ。そのように理解してみれば、「扇情的」とされるケインの小説においてセックス・シーンが描かれていないのは、実は当然というべきだろう。性的にたぶらかされたから罪を犯したという印象は、あまり強くない方がよいのである。同様に、ワイルダーがネフとフィリスの性的関係を、ネフのアパートでフィリスが衣服を整える場面でほのめかすだけにとどめているのは、「性」を描くことを許さない検閲という外的条件を、むしろ作品の強度としていることの一例として見なし得るだろう。

しかもワイルダーは、こうした原作のノワール小説としての「キモ」を、おそらくはケインよりも正確に把握していた。彼は——脚本に加わったチャンドラーとともに——いくつかの改変を原作に加えているが、その中で最も重要なのは、ネフと上司のキーズ（エドワード・G・ロビンソン）の関係を極めて親密なものにして、エディプス的なテーマを前景化したことである。「父」を殺して「母」と寝るというエディプス・コンプレックス的な図式において「父」の位置にあたるのは直接的にはフィリスの夫だが、殺人を犯そうとしているネフの「敵」は明らかにキーズであり、それはこの殺人計画がキーズへの挑戦であることを意味する。ネフにとって、完全犯罪を果たし、金と女を手に入れることが、そのまま「父殺し」の達成になるといっていい。

映画版のキーズは優秀なセールスマンであるネフに目をかけており、彼を請求審査の助手に――自分の「跡取り」に――しようとする。給料は安くてもやりがいのある仕事だとネフを説得しようとするキーズは、まさに「社会」を代表する「父」さながらだ。ファム・ファタールと出会ったネフは、まさしくそのような「日常」からの離脱を夢見ているのであり、殺人という「反社会的行為」へ突き進んで身を滅ぼすが、「父」との濃い関係は最後まで変わらない。事実、彼がフィリスと手を切ろうと決意した契機は、女の裏切りを知ったことより、キーズが彼を深く信頼していると知ったことにあり、だからこそ彼はフィリスに撃たれてしまったあともすぐに逃亡せず、「父」に――キーズ自身の言葉を使えば「医者であり、探偵であり、警察であり、裁判官であり、陪審員であり、告解を聞く神父であり、それを全部ひっくるめたもの」に――向かって「告白」することを選ぶのである。

このように短い要約からだけでも、『深夜の告白』という映画は、ネフとキーズの関係を中心に据えた綺麗な構造を持っているとわかるし、それはこの映画が、原作よりもやはり優れた作品であると感じざるを得ない大きな理由であるだろう。『殺人保険』では、この男同士の関係はそれほど前景化されず、代わりにファム・ファタールの恐ろしさ（彼女は「死」だけを愛する「怪物」のような存在となる）があれこれと描かれることになるのだが、それは既に示唆したところから明らかなように、主人公が主体的決断によって破滅する――自分の人生にとにかく最後まで責任を持つ――というノワール作品にとっては、焦点がぼやけるという結果を招いている。小説がそういったノワール的な強度を保てなかったからこそ、ケインは作品後半で突然、ハフにローラ（フィリスの義理の娘）を愛させ、その無垢な少女を守るために犯行を自白するというセンチメンタルな結末を与えたのだろう。

フィルム・ノワールが削った「ノイズ」

かくしてケインの小説からは、ファム・ファタールの異常性を強調するエピソードや、イノセントな娘への愛といった「ノイズ」が削り落とされ、ワイルダーの傑作が生まれた。実際、ヴォイスオーヴァーの手法（画面に出ていない人物が語る手法）を活用し、ネフのフラッシュバックにより進められる『深夜の告白』は、その「結末」を最初から動かないものとして設定し、主人公が破滅に至る道を自分の意志で、しかし同時にどうしようもなく進んでいくというノワール的な「悲劇」の感覚に深く貫かれたものとなっており、以後大量に作られるあらゆるフィルム・ノワールの手本となった。

しかしながら、その上で強調しておかねばならないのは、「ノイズ」を削り落とした完成度の高い作品が、さまざまな「ノイズ」を含んだ作品よりも、絶対的に優れていることにはならないという事実である。フィルム・ノワールが作品から夾雑物を排除し、主人公の主体的決断に焦点を絞って、優れた悲劇を構築したことは確かに豊かな成果である。しかし、それは先行ジャンルにおいて顕著だった特徴を切り落とすことでもあった。「ヴァンプ映画」におけるヴァンプの圧倒的なセクシュアリティや、「ギャング映画」において強烈に存在していた社会批判的な問題意識は、フィルム・ノワールでは主人公の「内面」の問題に回収され、必然的に稀薄なものになっている。

ここでの文脈においてはとりわけ、「小説」と「映画」というジャンルの相違も意識しておかねばならないだろう。物語を限られた時間という枠組みに収めなくてはならない「映画」が「ノイズ」を消去しようというのはわかるとしても、「小説」がそれを範とする必要は本質的にはない。大恐慌期に書かれた三〇年代のノワール小説には社会批判的な意識が強い作品も多く、例えばアンダソンの『俺たちと同じ泥棒』は、資本家も（あるいは読者も）「泥棒」ではないかという問いを内包する作品だが、それが『夜の人々』（ニコラス・レイ監督）において愛しあう孤独な男女の姿を叙情的に描く物語として美しくまとめられたとき、どちらが優れた作品であるかを明言することは困難である。

同様の例は、いくつでも見つけることができる。『郵便配達』のヒロインが夫を殺す決意をするのは、小説においては彼がギリシャ移民であるという設定／階級問題があってのことであり、映画版（テイ・ガーネット監督）がその設定を「ノイズ」として削ったのは（ヒロインの姓はパパダキスからスミスに変更された）、「正しい」判断だったのだろうか。ヒューストンの『マルタの鷹』は原作にかなり忠実な映画だが、ファム・ファタールを刑務所に送ったあと、探偵が秘書に拒絶されるという結末を削り、主人公の「ヒーロー性」を明確に――つまり、「ノイズ」を含まない形で――担保したのは、「正しい」判断だったのだろうか。

こうした問いには、おそらく明確な答がない。『夜の人々』も『郵便配達』も『マルタの鷹』も統一感のある卓越したフィルム・ノワールであり、しかもその卓越性は原作から「正しく」引き出されたのだから。ノワール小説が正当に評価されるようになったのは、こうしたフィルム・ノワールが原作から「ノワール」の可能性を鋭く抽出したからだとも見なし得るのであり、それが「ノイズ」の排除をともなったのは仕方がないともいえるだろう。だがそれでも、例えば『殺人保険』という「小説」の作者がファム・ファタールにオブセッションを抱いていたなら、それを好きなだけ書きこんでいけない理由は本質的にはないことは、やはり銘記しておきたいと思う。

事実、というべきか、細かく検証する紙幅がないために印象論めいてしまうが、二〇年代から三〇年代にかけてのアメリカ小説は、「アンダーステートメント」を駆使した完成度の高いスリムな作品から、「ノイズ」の多い豊かな作品へとシフトしていったように思われる。この推移に、効率的な語りを追求した新興メディアである「映画」との差異化を図ろうという意識がどの程度関係しているのかを、正確に測定することはもちろんできない。ただし、この時期のアメリカ小説が、「映画」を風刺的に作品にとりこんでいったことには、簡単に触れておいてもいいだろう。

そうした傾向は初の「映画小説」であるハリー・レオン・ウィルソン『活動写真のマートン』(一九)からバッド・シュールバーグ『何がサミイを走らせるのか?』(四一)に至るまで一貫して顕著なのだが、とりわけノワール小説と呼ばれもするホレス・マッコイの『彼らは廃馬を撃つ』(三五)や『故郷《くに》にいればよかった』(三八)、エリック・ナイト『黒に賭けると赤が出る』(三八)、ナサニエル・ウェスト『いなごの日』(三九)などでは「夢の王国」が「悪夢」を見させるというモチーフが強く出ているし、『郵便配達』も、ヒロインは女優を目指して田舎町からハリウッドに出てきた女性と設定されている。『深夜の告白』の脚本を担当し、ハリウッドを舞台にした『かわいい女』(四九)を書くチャンドラーが、映画界に関係する前の『さらば愛しき女よ』(四〇)で男を裏切った女を「百年前なら危険、二〇年前なら大胆、しかしいまではハリウッドのB級映画」と形容していたこともこの文脈で想起できるはずだし、あるいは時代の風俗に敏感で、初期作品『美しく呪われた人びと』

（二二）においてヴァンプ女優セダ・バラの髪型を模倣するキャラクターをさり気なく登場させていたフィツジェラルドが、「夢の崩壊」をテーマとする後期作品、つまり『夜はやさし』（三四）では主要人物の一人を映画女優とし、未完の遺作となった『ラスト・タイクーン』（四一）では映画プロデューサーを主人公としたことを、特筆しておいてもいいかもしれない。

五〇年代以降のノワール

三〇年代のアメリカ小説には、他にもアースキン・コールドウェルの『愚かな道化』（三〇）や、フォークナーの『標識塔〈パイロン〉』（三五）と『エルサレムよ、我もし汝を忘れなば（野性の棕櫚）』（三九）など、通例「ノワール小説」とは分類されないものの、「ノワール」的な「雰囲気」を持つ作品が少なくない。これはこの時代の作家達が、いわゆる「ロスト・ジェネレーション」と呼ばれる、第一次世界大戦の幻滅を背負った世代であり、そして三〇年代という恐慌期が、そもそも閉塞した「ノワール」的な時代であったことによるのだろう。

そう考えてみれば、四〇年代に入り、フィルム・ノワールが本格的にあらわれる頃には、そうした「ノワール」的な雰囲気が、一般のアメリカ小説から消えていくのも当然だった。第一次大戦が与えた幻滅も、恐慌の記憶も、既に過去のものとなっており、いわゆる「純文学」の作家にとって、ノワール的な「悲劇」は有効性を失っていったのである（「悲劇」などもはやどこにも存在しないというのは、ポストモダン小説の一つの前提となる）。「映画」を風刺的に扱ってきた小説家が、流行のフィルム・ノワールに「影響」されたと思われるような作品を書くのを避けた可能性もあるが、ここでは「映画」を引きあいに出さずとも、フィルム・ノワールの「原作」が何であったかを思い出し、文学者の課題の一つが先行世代を批判的に乗り越えることにあるといっておけばいいのかもしれない。

しかしながら、そうして「純文学」の作家達が「ノワール」から離れていっても、「ノワール小説」と「フィルム・ノワール」の蜜月期はまだ続く。先にあげたリストに名前が出てくるホームズやグーディス、そしてとりわけジム・トンプソンのような作家が五〇年代に出現したのは、四〇年代のフィルム・ノワールの隆盛なしには考えられないといっていいだろう。彼らは初期ノワール小説にあった「社会意識」を発展させるより、フィルム・ノワールが「ノワール」の可能性として抽出した「主体」の問題へと直接切りこんでいくのだから。新世代のノワール作家達の小説では、「金」と「女」といった外的要因のために理性を失うのではなく、あらかじめ「理性」なるものが決定的に――「実存的」なまでに――損なわれている人物が主人公とされることが多く、ジャンル間の「影響」には慎重な態度をとってきた本稿としても、彼らの作品に『飾窓の女』（フリッツ・ラング監督、四四）、『ギルダ』（チャールズ・ヴィダー監督、四六）、『上海から来た女』（ウェルズ監督、四八）、『白熱』（ラオール・ウォルシュ監督、四九）、『孤独な場所で』（レイ監督、五〇）といった作品で先鋭化を進めていったフィルム・ノワールの強い影響を見ないことは難しいように思える。

したがって、「蜜月期」を終わらせたのは「映画」の側ということになるだろう。テクニカラーとシネマスコープ（ワイドスクリーン）の一般化は、「彩り」のない「閉塞」したノワール的世界を「映す」には相応しくない時代の到来を告げる現象であったし、スタジオ・システムの崩壊は、テレビの普及と相まって、ノワールから「B級映画」という媒体を奪ってしまう。そして決定的だったのは、六〇年代に起こる「ヘイズ・コード」の無力化（撤廃は六八年）である。「アメリカン・ニューシネマ」の勃興とほぼ同時に起こった「コード」の消失は、「映画」というジャンルから「映さない」ことへの自意識を奪うように機能した。ときに指摘されるように、一つの場面に複数の「意味」をこめていた「映画」は、このときからスクリーンに映されたものだけを見せる「スペクタクル＝見世物」的なものとなっていくのだ。

「暴力」も「性」も見せて構わないことになったとき、ある意味では当然のことながら、観客はそれらを見ることを期待し、「映画」はそれらを見せることを選択する。しかしこの変化は、「目に見えないもの」を扱う「ノワール」にとっては、受け入れがたいものだった。既に論じてきたことから明らかだろうと思うが、例えば『郵便配達』のフランク・チェンバーズ（ジョン・ガーフィールド）が転がってきた口紅に目をやり、顔をあげると白い服を着たコーラ（ラナ・ターナー）が立っている場面（▼次頁図版）の方が、そのリメイク版（ボブ・ラフェルソン監督、八一）が長々と見せつける二人の激しいセックス・シーンより、フランクにとってコーラが「宿命」であったことを、はるかによく伝えるのである。

もちろん、「見せること」が要請されるようになった時代の作品にも、相応の歴史的意義を認めるべきだろう。本稿の文脈においては、「ニューシネマ」第一作とされる『俺たちに明日はない』（アーサー・ペン監督、六七）のラストシーンでカップルを殺す派手な一斉射撃などは、「ボニー・アンド・クライドもの」の先行作としての『夜の人々』、あるいはさらに遡って『暗黒街の弾痕』（ラング監督、三七）における叙情性への批評として解釈できる。また、チャンドラーの『長いお別れ』（五三）の叙情的な結末をラディカルに改変し、探偵フィリップ・マーロウ（エリオット・グールド）に友人テリー・レノックス（ジム・バウトン）を撃ち殺させる映画『ロング・グッドバイ』（ロバート・アルトマン監督、七三）についても同じことがいえるだろう。

だがいうまでもなく、こうした「ニューシネマ」は「ノワール」ではない。『タクシードライバー』（マーティン・スコセッシ監督、七六）などを含めてもいいが、これらの映画が発揮する批評性は、「宿

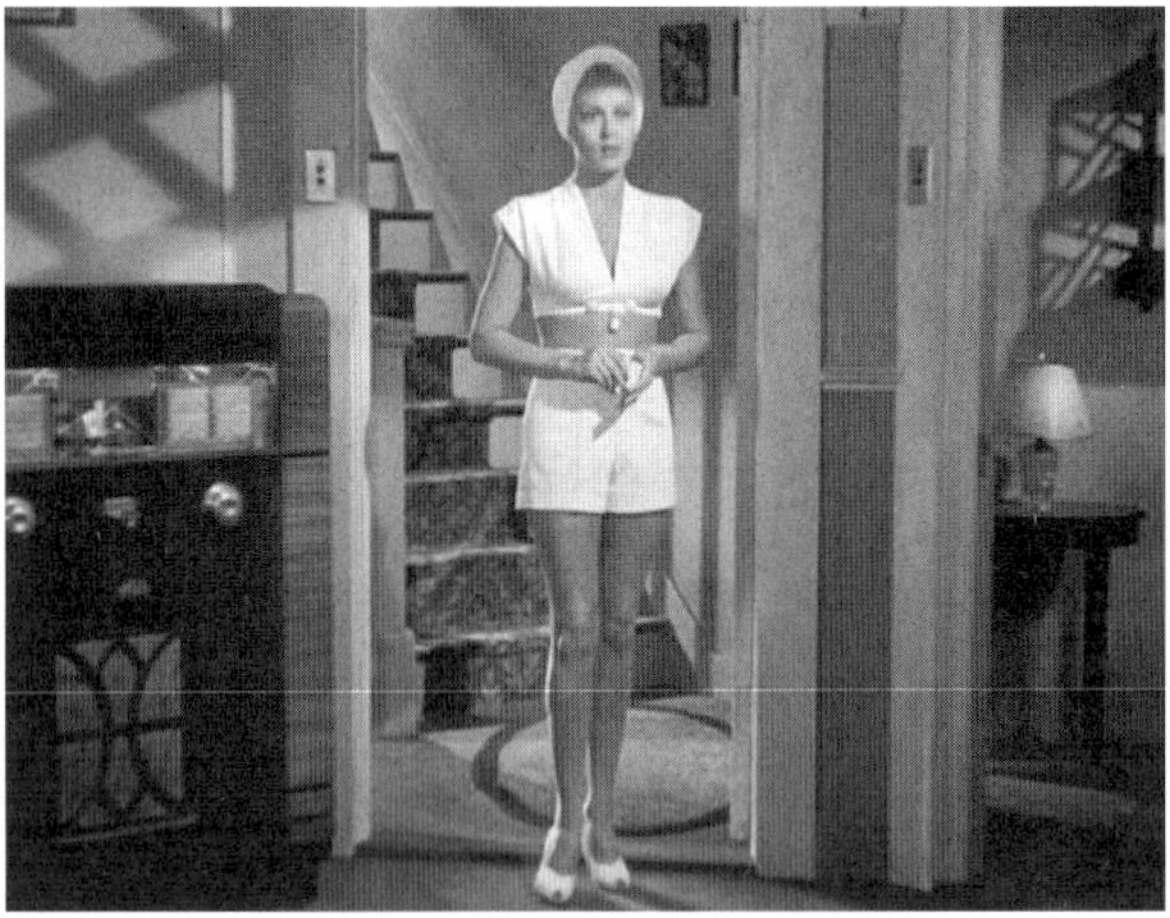

『郵便配達は二度ベルを鳴らす』

命」に殉じて罪を犯してしまう人間という生き物に対する共感を、最終的に切断するものであるからだ。このような「共感」――それをキーズというキャラクターに仮託したことが『深夜の告白』を傑作とした要因の一つである――が「物語芸術」の前提条件とならなくなった地点から「ポストモダン」の小説や映画が始まったとはいえるかもしれないし、だとすれば、「小説」と「映画」の「幸福な関係」が難しくなっても仕方がないというべきかもしれない。

しかしそうはいっても、「物語」がある限り、読者や観客は「共感」を求め続けることになるだろうし、そうである以上、我々が「ノワール的世界」から安全に隔離されることもない。トンプソンの『おれの中の殺し屋』(五二)の語り手が最後に繰り返していうように、「ノワール」とは「おれたちみんな」の物語なのだから――「歪んだキューでゲームを始め、多くを望んで少なきを得て、善をなすつもりで悪をなしてしまったおれたちみんな」の。

ファム・ファタール事件簿
――ハードボイルド探偵小説の詩学

三〇年代とファム・ファタール

本稿の目的は、E・S・ガードナー、ダシール・ハメット、レイモンド・チャンドラーの作品において女性キャラクターが果たす役割を分析し、ハードボイルド探偵小説の詩学について概観することである。とりわけ「ファム・ファタール」とカテゴライズされるキャラクターに着目するが、それは同時に「母」について考えることにもなるだろう。というのも、一九三〇年代のアメリカ社会における女性表象を特徴づけるのは、これらのステレオタイプ的な二項対立であるからだ。

近年のフィルム・ノワールに対する関心の高まりもあって、「ファム・ファタール」という呼称はかなり知られたものとなっている。だが、フィルム・ノワールが誕生した四〇年代に先駆けて、三〇年代のアメリカ小説、特にノワール小説と呼ばれるようになった作品群にファム・ファタールが繰り返し登場しているにもかかわらず、後者について概観する試みはこれまでほとんどおこなわれてこなかった。多くの映画史家が三〇年代をファム・ファタールの表象に基づいて研究してきたのに対し、文学研究者が同様の主題を論ずることは極めて少ないのである。以下の議論は「大衆小説」ジャンルを扱うものだが、アンドレアス・ヒュイッセンの「大衆文化は常に、モダニスト的プロジェクトの隠れたサブテクストであった」という示唆をふまえ、同時代のモダニスト小説一般が抱えていた問題——芸術（家）の男性化を目指すという傾向——に光をあてられることも期待したい。

三〇年代は、女性のライフスタイルが大きく変化したジャズ・エイジの直後に訪れた。この点を強調しておくのは、当時の小説におけるファム・ファタールの出現／増加が、二〇世紀初頭のアメリカにおいて起こりつつあったジェンダー・ポリティクス[1]の転換と密接な関係にあると思われるからである。第一次大戦後のアメリカ社会は「新しい女」の出現を新時代のシンボルとして熱狂的に迎え入れはしたものの、こうした象徴化は、それ自体、猛烈な速さで変化する世界に対する不安を緩和しようとする試みでもあった。だからこそ、ジェンダー・ポリティクスにおける女性の立場の変化は、それがまるで近代化の渦中にあって生じたあらゆる変化を説明する現象であるかのように、熱心に議論されたのである。例えば『カレント・ヒストリー』誌は一九二七年の十月号で「新しい女」についての特集を組み、その序文で述べている――「おそらく、現代社会史のさまざまな面の中で、およそ女性の新たな地位ほど論争的な性格を備え、デリケートな意味をはらんでいるものはない」。

こうした背景に鑑みれば、二〇年代に活動を開始した小説家達の作品に「新しい女」をめぐる論争的な雰囲気が色濃く反映されていたとしても不思議ではないはずである。実際、「ファム・ファタール」と「母」というステレオタイプ的な二項対立は、この新たなジェンダー・ポリティクスに対する作家達の態度が極めてアンビヴァレントなものであったことを示唆するといっていい。その上、大恐慌が二〇年代のフラッパー達を根絶したあとも、財政上の悩みを抱えた男達が家長としての権威を維持することは困難だった。大恐慌期のアメリカ社会を「女性化」によって特徴づけられるとする歴史家もいるが、だとすれば（断罪されるべき）「ファム・ファタール」と（賛美すべき）「母」という二項対立がこの「去勢的」な時代にまで生き延びたのも当然のことというべきだろう。

探偵小説のイデオロギー

ハードボイルド探偵小説の詩学《ポエティクス》を考察する前に、こうした歴史的・政治《ポリティクス》的背景に触れておいたのは、この「男らしい」ジャンルが二〇年代末のアメリカに誕生したからというだけでなく、その芸術的起源がイデオロギー的意識と不可分だからである。「ダシール・ハメット、レイモンド・チャンドラー、そして『ブラック・マスク』誌に寄稿していたその他の作家達は……同時代の生活との接点を失ったアングロ・アメリカ派〔2〕に対して意識的に反抗していた」と、ロス・マクドナルドは述べている。あるいはチャンドラー自身の「「伝統的」推理小説がいくらかなりともリアリスティックであるとしても(そんなことは滅多にないのだが)、それはある種の超然とした精神によって書かれている」という言葉を想起してもよい。以下で論じるように、「ハードボイルド派」が「問題」とするのは「謎」そのものではなく、むしろ謎がはらんでいる社会性/イデオロギー性なのであり、それは事件から距離をおいた探偵の演繹的推理によってではなく、事件に対する探偵のコミットメントによってあらわとなる。ハードボイルド小説の「謎」はあくまでもイデオロギー的なものなのであり、まさにそのことを主人公による事件への直接的関与が前景化するのだ。

エルンスト・ブロッホによれば、探偵小説は「物語の前、物語の枠外で既に起こってしまった凶

50¢
RAYMOND CHANDLER
the simple art
of murder

907
THE WAY SOME
PEOPLE DIE
Dope, delinquents and MURDER
John Ross Macdonald
A GENUINE POCKET BOOK MYSTERY
THE COMPLETE BOOK • NOT A WORD MISSING
25¢

行を抱えている」。つまり、物語の「起源」である犯行の場面は、いわば「メタナラティヴ」[3]の次元に据えられているわけだ。こうした見地からすると、ハードボイルド探偵小説とは「メタナラティヴ」にイデオロギー的かつ美的に接近しようと試みる、モダニスト的なジャンルの一種といえるだろう。ハメットが、「作者は読者に『私はあなたにわざと真実を控え目に語っています……。あなたは書かれている以上のことを信じなくてはならないのです』と伝えるのだ」という言葉に見られるように、ヘミングウェイ流の「氷山理論」（▼本書五九頁）に自分なりのやり方で到達したことを、まったくの偶然と片づけることはできまい。そして、謎めいたファム・ファタール、この「色」と「金」の化身は、フィクションの世界のみならず現実の現代社会の「メタナラティヴ」を表現する（T・S・エリオットの言葉を借りていえば）「客観的相関物」[4]なのだ。なるほど、「謎めいた女」は例えば「ホームズもの」にも登場するだろう。しかしながら、ハメットによるファム・ファタールの利用は、歴史的・イデオロギー的な文脈を浮かびあがらせるという点においてより意識的なのである。

急いで付け加えておくと、伝統的探偵小説がイデオロギーから自由であったというわけではない。事実、探偵小説を研究する批評家達は、そのイデオロギー性に関して長らく議論を戦わせてきた。一方の陣営は探偵小説というジャンルが保守的＝反動的であるといい、もう一方はそんなことはないというわけだ。今日に至るまで両者の主張は平行線をたどるばかりなのだが、これはおそらくどちらかが間違っているということではないだろう。両陣営の意見がすれ違うのは、そもそも注目している面が異なっているからだと思われるのだ。

この「すれ違い」について、代表的論者のコメントを参照しつつ整理しておくことにしよう。まず、探偵小説を保守的と考える側であるが、彼らは概してそのプロットに着目する――「[探偵小説が]読者に提供するのは、現状が真の危機にさらされることは決してないのだと、人々を安心させるような世界である」(ダグラス・G・タラック)/「[探偵小説のような]大衆文学における名作とは、そのジャンルに最も適合した作品のことである」(ツヴェタン・トドロフ)/「我々がこうした本を読むのは、自分が既に経験していることを、ほんの少しだけ形を変えて反復するためなのである」(ウィリアム・O・アイデロッテ)。

こうした意見に与しない側は、探偵というキャラクターを重視する。探偵が持つ二面性――「探偵は一方では確かなアイデンティティを有する冷静な合理主義者でありながら、他方では苦悩する近代的主体、芸術家、ボヘミアンあるいは遊歩者《フラヌール》である」(スコット・マクラッケン)――を強調するのだ。こうしたスタンスをとる代表者は、「遊歩者《フラヌール》がどんな道をたどろうと、犯罪の発見へと行き着く。このことから示唆されるとおり、探偵物語もまた、冷静な計算から成り立つとはいえ、パリ生活の幻像の一端を担っている」と述べるヴァルター・ベンヤミンだろう。こうしたベンヤミンの考えを踏襲するブロッホは、探偵による真相解明は意味の「剰余」を生み、合理性という限定されたイデオロギーを乗り越えると結論づけている。

　ハードボイルド探偵小説の芸術的力点は、こういった「推理小説《ミステリ》」ジャンルに見られる二つの面のうち、後者に置かれている。極論すれば、ハードボイルド探偵小説においては、「謎《ミステリ》」の解明は重要ではない。三〇年代のサム・スペード（ハメット）やフィリップ・マーロウ（チャンドラー）から、五〇年代のリュウ・アーチャー（マクドナルド）やマイク・ハマー（ミッキー・スピレイン）を経て、八〇年代のスペンサー（ロバート・B・パーカー）やV・I・ウォーショースキー（サラ・パレツキー）に至るまで、「私立探偵《プライヴェート・アイ》」達は、謎について考えこむことがほとんどない。彼らは何か動きが生じるまで、ひたすら関係者につきまとい、事件をかきまわすばかりなのだ。

　したがって、彼らの事件への関わり方は「肘掛け椅子探偵《アームチェア・ディテクティヴ》」よりもずっと個人的なものになる。伝統的探偵小説の書き手は探偵の助手として〈ワトソン〉――ロナルド・ノックスの有名な定義によれば、「探偵の愚鈍なる友〈ワトソン〉は、自身の頭をよぎるいかなる考えも読者に隠し立てしてはならない。そしてその知能はわずかに……平均的な読者を下回っていなければならない」――を使いたがる。〈ワトソン〉が不必要な要素を排除するのに役立つと見なすマクドナルドは「さらに重要なことに、作者は過度の気恥ずかしさを覚えずに探偵を己の分身として登場させることができ、危険で感情が絡む事件を一歩も二歩も距離をとって扱うことが可能になるのだ」と述べているが、この評言は〈ワトソン〉的キャラクターがめったに登場しないハードボイルド探偵小説の特質を示唆するものでもある。ハードボイルド探偵小説において、不必要な要素は残存し、探偵の心はかき乱される。彼は超然とした立場を奪われて、危険で感情が絡む事件を扱わねばならないのだから。

E・S・ガードナー

ハードボイルド探偵とは単に肉体的にではなく、感情的に事件と関わらざるを得ない存在である。ガードナーが同じ『ブラック・マスク』派であったハメットやチャンドラーと違うのはこの点においてである。『ブラック・マスク』誌の「ハメット化」を嫌っていたガードナーは、あるエッセイにおいて「ハードボイルド探偵もの」と「アクション探偵もの」とを峻別し、「いわゆるハードボイルドものが人気を失いつつあるようなのに対して、アクション探偵ものが人気を獲得し始めている兆候がある」と結論づけている。当時、最も人気のあった推理小説作家であり、三三年から三八年までのベストセラー・リストに十一作もの「ペリー・メイスンもの」をランクインさせているガードナーは、自分の作品がハードボイルド・ジャンルに属するとは考えていなかったのだ。そして、その主人公ペリー・メイスンがハードボイルド探偵としての性質を数多く有するにもかかわらず、我々はガードナーの考えに賛同すべきであるように思われる。

メイスンというキャラクターに付与された「ハードボイルド的」な特徴を列挙することは容易だろう。彼は「金なんぞどうでもいい！」といい放ち、事件を「信条の問題として」引き受け（『門番の飼猫』［一九三五］）、自分を自主独立の「闘士」（『吠える犬』［三四］）と呼称して、常に「みずから出かけていって事件に首をつっこむ」（『怒りっぽい女』［三三］）。しかしながら、メイスンの事件に対する関与は知的／客観的なものであって、感情的／個人的なものではない。「刺激が欲しいんだ」（『吠える犬』）と述べる彼にとって、事件はゲームにすぎないのである。そうしたゲームに勝つべく、彼は法廷でのパフォーマンスのために「氷山理論」を打ち立てさえする。

私は常々、訴訟というものは氷山のようなものだと考えてきました。目にはほんの一部分しか見えず、残りの重大な部分は水面下に沈んでいるのです。（『吠える犬』）

事件に対して超然たる態度をとることで、メイスンは「水面下」に隠された真実を知り、「タフガイ」として振る舞うことができる。ちょうどヘミングウェイが自身に抱いていたようなこの「マッチョ」な人物像は、メイスンが「危険」とされる女性キャラクターの脅威／誘惑に動じることがないために、いっそう確かなものとなる。『奇妙な花嫁』（三四）のローダ・モンテインは去勢的なファム・ファタールとして登場するが、去勢不安に悩むことのないメイスンはこの危険な女性を「個人的な感情とは無縁の、保護者的な男性としての振る舞い」で難なく扱ってみせる。『カナリヤの爪』（三七）では自立した女であると自負するリタ・スウェインが、メイスンに子供扱いされる。

君はへたな手つきでイチャつこうとする青臭い小僧どもとデートして、それで自分が精神的に自立したし、自分のことは自分でなんとかできるようになったなどと考えている。これから君が相手にするのは本物の男達なんだ……。君なんぞ生まれたての赤ん坊みたいなもんだよ。

『怒りっぽい女』のフラン・セレーンは「世界一の嘘つき」と呼ばれる典型的な「信頼できない依頼人」だが、この弁護士探偵によって最後には完全に懐柔されてしまうのである。

メイスンの男らしさが神秘化されていない点は重要である——危険な女に対するメイスンの超然とした態度を確実なものとするために、ガードナーは二つの要素を用いているのだ。第一に、弁護士であるメイスンは法を尊重し、その正しさを疑わない。

僕は彼女を［無罪と］信じてる。そうじゃなければこうして彼女の弁護人などやってないよ。（『すり替えられた顔』［二三八］）

証拠を隠すってことについて僕がどう思っているか知ってるだろう、デラ。そんなやり方で勝たなきゃいけないときがあるとすれば、僕はいつでも法律の仕事から足を洗うよ。（同）

こうした特徴は、ある批評家の言葉を借りていえば、「社会は基本的には健全であり、法とは立派なものであり、犯罪は憎むべき逸脱であるとの想定に基づき行動する」肘掛け椅子探偵にも共有されている。メイスンは法を尊重し、法に忠実であり、裁判長でさえ彼の味方にならずにはいられない（『どもりの主教』［三六八］）。こうしてこの弁護士探偵はア・プリオリに守られているのであり、その「正しさ」が所与のものとして想定されているために、ガードナー作品は、ジョージ・グレラが伝統的探偵小説をその一部として位置づけるところの「風俗喜劇」の一種となっている。グレラによれば、「支配階級にとって欠くべからざる自己表象であるように思われる風俗喜劇は、それが描く社会の偏見に従う」。グレラの要点は、探偵小説は現状の好ましさを前提とし、また追認するものであるということであるが、そうした好ましさを代弁するのが、メイスンのような――常に「正しい《ライト》」側にいる――探偵なのだ。

こうした「メイスンもの」の保守性は、メイスンの秘書であるデラ・ストリートの機能に見てとれるが、それこそがメイスンをファム・ファタールから守る第二の要素である。信用ならないファム・ファタールとは対照的なこの忠実な秘書を特徴づけるのは――予想に違わず、というべきか――「母性」である。

彼女の微笑みにはほとんど母親みたいなところがあった。(『怒りっぽい女』)

「母親がわがままな子供を心配するように、わたしはあなたのことが心配なんです」(『門番の飼猫』)

手に負えない腕白小僧を前にした母親のように、デラはため息をついた。(同)

「母性本能ですよ、チーフ」(『危険な未亡人』[三七])

このように、ガードナーはデラの母性を頻繁に強調している。そしてこの「母」は、金持ちで甘やかされた依頼人の女達とは異なり、「生きるために働けないなら、生きていたいとは思いません」と宣言する「自主独立の女性《セルフメイド・ウーマン》」でもある(『どもりの主教』)。(手のかかる)愛人ではなく、(自己献身的な)母親の役割を引き受けるデラは、恐慌と男性不安の時代である三〇年代における男《メイル・ファンタジー》の夢を体現している――当時の男性にとって、秘書とは「父親が結婚した相手の複製であり、あらゆる用事、あらゆる友人、あらゆる友人の声、あらゆる癖、あらゆる弱みを知る昼の妻」だったのだから（エレン・ワイリー・トッド）。

「メイスンもの」の第一作である『ビロードの爪』（三三）において、ガードナーは抜け目なく主人公の口からデラの生い立ちを語らせている。

君の家は金持ちだったが、財産を失った。そこで君は働きに出た。そんじょそこらの女性にはできなかっただろう。

このようにして三〇年代に好ましいと考えられた性格を与えられることで（「必要に迫られて」というのは女性の労働に関して社会が許容できるほとんど唯一の理由であった）、この「新しい女」はメイスンの権威に正当性を付与する――「わたしはあなた以上に、あなたがなさる判断を信頼しているんです」（『どもりの主教』）――のみならず、「同性に対して何の幻想も抱いていない女性」（『カナリヤの爪』）という立場から、彼にファム・ファタールに用心するよう忠告することもできるのである。

しかしながら、デラの「幻想を抱いていない」視点は問題含みであるといわねばならない。デラは基本的に信頼できる観察者であるが、ガードナーはしばしば、彼女に女性に関してステレオタイプ的な見解を語らせる。別言すれば、デラの「客観的」(しかし〈ワトソン〉的な)観察は、依頼人がファム・ファタールであるという印象を作り出すのだ。『すり替えられた顔』でアンナ・モアについて語るデラの言葉は、ファム・ファタールの教科書的な描写として読めるだろう。

彼女は魅力的で……魅力を周囲に振りまくやり方から、それに頼るのに慣れきっていることがわかります。自分の魅力を使ってほしい物を手に入れる女は、三〇代後半から四〇代前半にかけて危険になりますよ。いっておきますけど、チーフ、あの女は抜け目がなくて、ずる賢くて、何かたくらんでるわ。

さらにまた、ファム・ファタールに用心しなさいと語るこの「母」は、ファム・ファタールに対するメイスンの超然とした「男らしい」態度を前景化するように機能することにもなる。『義眼殺人事件』(三五)において、ヘーゼル・フェンウィックのファム・ファタールとしての行動にデラがショックを受けるのに対して(この「女版青ひげ」は亭主を次々に殺害するのだが、当惑したデラは「どうして女の身でそんなことができるのかしら」と漏らさずにはおれない)、メイスンはもはや紋切り型となった「女という謎」に騒ぎ立てることはない——「一種の病気みたいなもんさ……精神上の発作だよ」。「メイスンもの」のイデオロギーとダイナミクスを表象すると同時に隠蔽するデラは、欠くことのできないキャラクターである。彼女なしでは、依頼人の女性はそれほど謎めいても危険であるとも思われないだろうし、メイスンは探偵としても男としてもそれほど確固たる人物とはならないだろう。『すり替えられた顔』で彼女が姿を消してしまったとき、メイスンが心配のあまりまともに思考できなくなってしまうのは、意外な事態ではまったくない。そしてまた、『カナリヤの爪』でデラがメイスンのプロポーズを袖にしたとしても、同様に驚くにはあたらない。なぜなら、デラ自身が述べているように、メイスンと結婚してしまえば、彼女は「彼の世界から完全に閉め出されてしまう」だろうから。

メイスンとデラの情愛のこもった関係は、単に作品にロマンティックな雰囲気を加味するものではない。それは、ガードナー作品を構成する感傷の詩学の核心をなしているのである。この二人を現代のハードボイルド探偵小説における最も有名なカップル、ロバート・B・パーカーのスペンサーとスーザン・シルヴァマンと比較するのは興味深い作業となるだろう。というのも、スーザンが(一時的に)スペンサーを見捨てることが、「スペンサーもの」の凋落の始まりとぴったり一致しているからだ。しかしながら、本稿が扱っている時代には、より比較に相応しいカップルがいる——もちろん、ハメットの『マルタの鷹』(三〇)におけるサミュエル・スペードとエフィ・ペリンがそれである。

スコット・マクラッケンが総括するように、探偵小説は「原罪の神話、エデンの園における最初の無垢の喪失、己の起源を知ることが己の犯した罪を知ることでもあったオイディプスの神話などと比較されてきた」。こうした比較は、近代小説の起源に広義のロマンティシズムが見出せるという理論家達の指摘と密接に関係している。探偵小説は一九世紀ロマンティシズムの産物なのであり、W・H・オーデンによれば、そうした「探偵小説に熱中する人々が耽る幻想とは……エデンの園に復帰するという幻想である」。自己と世界とのあいだにいかなる断絶もない「叙事詩」的な世界を回復したいという欲望は、ジェルジ・ルカーチやミハイル・バフチンが小説というジャンルそのものについて指摘するところであるが、探偵小説は（常に既に）失われた楽園をとり戻すことを「純文学」よりも直接的に追い求める点において、こうした欲望の力学をこの上なく見事に浮かびあがらせるのだ。事実、ガードナー作品はオイディプス神話の構造に完全にあてはまるものとなっている。メイスンは謎を解明し、犯人を同定（象徴的には「敵＝父」を「殺害」）し、「母」と寝ることによって自身を父権的権威として打ち立てる。この秩序が保たれるのはひとえに「母」のおかげである——「母」は「子」に向かって「あなたのためなら何だってやります」といい（『吠える犬』）、「子」は「君は僕が信じることができる唯一の人だ」と応じるのだ（『門番の飼猫』）。

この「母子関係」はメイスン・シリーズ最初の作品において一度だけ危機に直面するのだが、こ

THE CASE OF THE VELVET CLAWS
ERLE STANLEY GARDNER
"Gardner can give cards and spades to other mystery writers." —New York Times
COMPLETE AND UNABRIDGED
Pocket BOOK EDITION

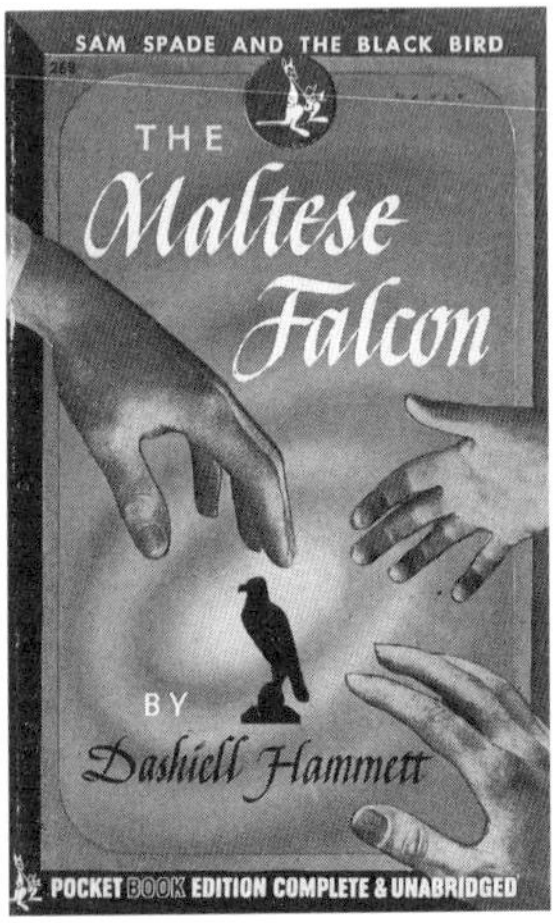
SAM SPADE AND THE BLACK BIRD
THE
Maltese Falcon
BY
Dashiell Hammett
POCKET BOOK EDITION COMPLETE & UNABRIDGED

●この出版案内には2014年4月現在の出版物から収録しています。
●表示価格は本体価格です。別途消費税がかかります。●重版等により本体価格が変わる場合がありますのでご了承ください。●ISBNコードはご注文の際にご利用ください。

〒102-8152 東京都千代田区富士見2-11-3 TEL 03(3288)7777 FAX 03(3288)7799[営業]

研究社の本

http://www.kenkyusha.co.jp

■薬袋善郎〔著〕

■新刊■あの『英語リーディング教本』に「ドリル版」が登場

基本から鍛える 英語リーディング教本 ドリル

A5判 272頁／■1,800円／978-4-327-45264-3

著者独自のメソッド Frame of Reference（英語構文の判断枠組み）を網羅して大ロングセラーの『英語リーディング教本』に、待望の「ドリル版」が登場。複雑な英文も自信を持って読めるようになる！

基本からわかる 英語リーディング教本

A5判 320頁／■1,500円／978-4-327-45137-0

独自メソッド英語構文の判断枠組みで、英文の構造を認識するための「物差し」を頭の中に作り、英語が正確に読めるようになる。

ゼロからわかる 英語ベーシック教本

A5判 232頁／■1,500円
978-4-327-45197-4

■好評既刊

- 英語リーディングの秘密　四六判 240頁／■1,300円／978-4-327-45114-1
- 英語リーディングの真実　四六判 244頁／■1,300円／978-4-327-45118-9
- 英語リーディングの探究　四六判 284頁／■1,600円／978-4-327-45233-9
- 思考力をみがく 英文精読講義　A5判 224頁／■1,600円／978-4-327-45161-5
- 学校で教えてくれない英文法　四六判 180頁／■1,300円／978-4-327-45165-3
- かならず覚えられる 薬袋式英単語暗記法　四六判 302頁／■1,200円／978-4-327-45184-4

■重版出来■精読が翻訳の王道

英語のしくみと訳しかた

真野 泰〔著〕　四六判 240頁／■2,000円／978-4-327-45232-2

英語を精密に読むことが、自然とすぐれた日本語訳を生むという原理原則を、ユニークな文法講義とグレアム・スウィフトの翻訳とで実感してもらう。

■日米比較で浮かび上がる21世紀の価値観のゆくえ

〈新版〉日米文化の特質 価値観の変容をめぐって

松本青也〔著〕　A5判 210頁／■2,200円／978-4-327-37735-9

日本とアメリカという、2つの国の文化の特質を、それぞれの文化に特有の様々な価値観をもとに、豊富なエピソードとともに紹介する。

の『ビロードの爪』は――示唆的なことにというべきか――ほとんど剽窃的なまでに『マルタの鷹』に酷似している。偽名で登場する依頼人は、自分に愛情を捧げた男をひとり残らず欺いてきたファム・ファタールであり、探偵を性的に誘惑しようとし、頼れる人はあなたしかいないといい、彼を共犯者として事件に巻きこむのも躊躇しない（これらの特徴はすべて『マルタの鷹』のブリジッド・オショーネシーと一致する）。『マルタの鷹』のエフィとは異なり、デラはこのファム・ファタールを嫌悪し、メイスンの事件の扱いに不当なものがあるのではと疑う。このようにして秘書に探偵を疑わせることにより、『ビロードの爪』はガードナーのキャリアにおける最もハードボイルド的な作品となっているのである。

だが、結局、ガードナーはハードボイルド作家にはならなかった。デラの疑念は誤りであったことが判明し、「わたしが浅はかだったんですね、チーフ。今朝、新聞を読んで、とても落ちこみました」と後悔した彼女は、どうして事情を説明してくれなかったのかとメイスンに訊ねる。そして「説明が必要ということ自体が辛かったんだ」という返答を聞いて「絶対に、絶対に、わたしが生きている限り、あなたを二度と疑ったりしはしません」と宣言するのである。ハードボイルド小説の世界では、ヒーローを助ける「よい母」は存在しない。しかしながら、ガードナーはデラに自分が「悪い母」であったと懺悔させることでハードボイルド作家になる機会を見送り、感傷的な作品を量産する道へと進んだのだった。

ダシール・ハメット

『マルタの鷹』がたどり着くのは、まったく異なる結末である。スペードは警察にブリジッドを——彼のパートナーを殺害し、莫大な価値を持つ鷹の彫像（原文の statuette という語は象徴的なことに、女性名詞であるかのように見える）を見つけるために彼の愛を利用したファム・ファタールを——逮捕させる。そして忠実で、性を感じさせず、（「あなたのことが心配なのよ」とスペードにはっきりといって）スペードの身を案じ続けてきた秘書エフィは、デラと同じく新聞で真実を知り、オフィスで彼を待っているのだが——。

「あれは——新聞に出ていたのは——本当なの？」と彼女は訊ねた。

……彼女の声は、顔に浮かぶ表情と同じく奇妙だった。「あなた、あんなことをしたの、サム——あの人に？」

彼は頷いた。「きみのサムは探偵さんなのさ」彼女を見る目は厳しかった。片方の腕を彼女の腰に回し、尻に手をあてた。「あの女は、本当にマイルズを殺したんだよ、エンジェル」彼は優しい声でいった。……

彼女は痛みから逃れるように、彼の腕から身を振りほどいた。「やめて、お願い、わたしに触らないで」彼女はとぎれとぎれにいった。「わかってる――あなたが正しいってことはわかってる。あなたは正しいわ。でも、いまはわたしに触らないで――いまだけは」

スペードの顔は、襟と同じくらい白くなった。

スペードのショックは演技ではない。ウィリアム・ルールマンが指摘しているように、「エフィ・ペリンを失ったことは、スペードにとって最後の、そして最大の喪失である」。この結末こそ本作をメロドラマと決定的に分かつものであり、ハメットに芸術的勝利をもたらしたのだ。「ファム・ファタール」の誘惑に打ち勝ったヒーローが「母」に拒絶されることで、この物語は傑作となったのである。

『ビロードの爪』の大団円がエディパルで父権的な秩序に依拠し、そのような秩序と共犯関係を結んでいるのに対し、『マルタの鷹』の苦い結末はこうした秩序の機能不全をあらわにし、読者の期待の地平を揺り動かす。スペードはタフであることで生き延びるが、その「ハードボイルド」な男としての規範が腐敗した社会の規範よりもましなものではないと知っている――「［ハメットの主人公は］規範を持っているが、善行の人ではまったくない。彼はときに、自分がやりあっている犯罪者達とほとんど判別不可能である」（ジェフリー・オブライエン）。ハメットは「コンチネンタル・オプもの」において、繰り返しこうした主題を浮上させる。このシリーズにしばしば登場する「オールド・マン（おやじ）」と呼ばれる名無しの上司に対し、同じく名無しのオプはアンビヴァレントな感情を抱いている。

コンチネンタル社で五十年も悪党を追いかけてきた結果、その頭脳と、物事がうまく進もうがそうでなかろうが変わらず――そしてどちらの場合でもほとんど意味がない――もの柔らかで、優しい微笑みを浮かべた礼儀正しい外殻を除いて、［「おやじ」には］何もなくなってしまったのだ。その下で働く俺達は、彼の冷血ぶりを誇りとしていた。うちのボスなら七月に氷柱《つらら》の唾を吐けると自慢したものだったし、仲間内では「ポンティウス・ピラト」などと呼んでいた。愛想のいい笑みを浮かべて、俺達を自殺行為のような任務に磔《はりつけ》にするからだ。（「でぶの大女」［二七］）

「おやじ」は「人生のあまりにも長い期間を裏切りと騙しあいに費やした人間の末路がいかなるものになり得るかを思い起こさせる不穏な存在である」（デニス・ドゥーリー）。調査員とその上司とがともに固有名を持たないという事実は、オプが将来「おやじ」になってしまう可能性を示唆するだろう。ハメットの世界では、生き延びて「父」となることは人間性の喪失を意味するのであり、タフな探偵でさえそのジレンマを逃れることはできない。

ヌーナンを見て、俺がしたことのせいであいつが明日まで生き延びられるチャンスは千に一つもないとわかっていながら、声をあげて笑っちまったよ。胸の内は温かく、ハッピーだった。そんなのは俺じゃない。俺の心の残りかすは固い皮で覆われてるし、二十年も犯罪と関わりあったあとじゃ、どんな殺人だって飯の種にしか見えない。だが、こんなふうに殺しあいを計画して楽しんじまうのは、俺に相応しいことじゃない。この土地が、俺をこんなふうにしちまったんだ。(『赤い収穫』[二九])

オプは自分を犠牲者だと、あるいは少なくとも自らの意に反したやり方で彼に事件を解決することを強いるような環境の産物であると感じている(例えば、メイスンとは違って、彼は「偽証は好きではない」といいつつ「必要な」証拠を偽造する[「フェアウェルの殺人」(三〇)])。かくして『赤い収穫』の「オプは物語が進行するに従ってますます自分の動機に自信が持てなくなる」(ウィリアム・ルールマン)。ある朝、目を覚ましたオプは胸をアイスピックで貫かれたダイナ・ブランドを発見するが、彼は自分がその犯人でないことにさえ確信が持てないのである。

探偵と世界との関係がこのようにアンビヴァレントな形で提示されるなら、そこにハッピー・エンドを期待することなどできない。というのも、皮肉にも、探偵による事件の解決は、彼が嫌悪する社会の秩序に貢献することになるからだ。『赤い収穫』に即してウィリアム・マーリングが指摘するように、「放蕩息子としての原理はどれも父の権威を否定しようと努めるのに、彼の行為はどれもそれを追認してしまう」のである。しかしながら、よりアイロニカルなのは、探偵が自分の正しさを確信することが決してできないにもかかわらず、自分が「タフ」で倫理的であると信じようとせずにはいられない、ということだろう。

ガードナー作品においては、「探偵＝息子」は「法＝父」と「秘書＝母」によって守られている。ハメットはしかし、そのような保護が「フェイク」にすぎないことをあらわにする――探偵に「保護」を提供しようとするのはファム・ファタールなのである。『赤い収穫』においてオプの「ママ」を自任する女は、ファム・ファタールのダイナに他ならない。先に引用した、恐怖に満ちたオプの告白に対し、彼女は「あまりにも優しく」微笑み、「やつらは自業自得なのよ」と「あまりにも甘やかすように」囁きかけるのだ。「色」と「金」を約束するこのファム・ファタールは、探偵がなるべき「おやじ」の鏡像であるといっていい。『オプもの』に頻出するダーク・レディは……オプが気づき、認めることを恐れる――だが永遠に、絶えず引きつけられてしまう――もう一人の彼を象徴している。彼女を完全に信じることができれば、彼は完全な人間になり、ついに欠けるところのない存在になれるのだ」（ドゥーリー）。

しかしながら、欠けるところのない存在になりたい、というこのロマンティックな願望は、ハメットの作品において叶えられることはない。ブリジッドを見逃すわけにはいかない理由を列挙してスペードはいう――

俺がそうしないのは、俺のすべてがそうしたがってる――結果なんて糞くらえでやっちまえといっている――からなんだ。それに――くそっ、おまえが――きみが、俺がてっきりそうするだろうと当てこんでいやがるからなんだ。他の男どもに対して、そうするだろうって当てこんできたのと同じようにな。

ハメットの作品（あるいはこれまでに書かれたあらゆるハードボイルド小説）の中で、これ以上に探偵のロマンティシズムと自意識とが正確に表現されている言葉はないだろう。『マルタの鷹』を悲劇たらしめるのは、こうしたロマンティシズムと自意識の深い葛藤である。この葛藤は、ブリジッドへの愛を通じて、スペードの内的ドラマとして見事に展開され、小説に精巧な複雑さを与えている。

A NED BEAUMONT MYSTERY
211
pb
THE
GLASS
KEY
DASHIELL HAMMETT
POCKET BOOK EDITION COMPLETE & UNABRIDGED

A Nick Charles Mystery
196
pb
THE
THIN
MAN
DASHIELL HAMMETT
POCKET BOOK EDITION COMPLETE & UNABRIDGED

これはオプがファム・ファタールに誘惑されない『赤い収穫』には見出すことのできないものである。

こうした観点からすると、等閑視されてきた第二長編『デイン家の呪い』（二九）も興味深いテクストに見えてくるだろう。というのも、そこではロマンティシズムが小説家（オーウェン・フィッツステファン）として、自意識が探偵（オプ）として、それぞれ擬人化されているからだ。「ファム・ファタール」とされるゲイブリエル・レゲットは謎めいた「デイン家の呪い」を体現する存在として小説の中心を占め、フィッツステファンによる神秘化とオプによる脱神秘化の対象となる。

フィッツステファンは……［オプに］訊ねた。「すると、あんたはデイン家の呪いを、ただのつまらん遺伝の問題にしてしまうのか？」

「それ以下だ。怒った女の口から飛び出したたわごとにすぎないね」

「あんたみたいな連中が、人生から彩りを消し去ってしまうんだよ」煙草の煙の向こうで彼はため息をついた。

このロマンティックな小説家は、「デイン家の呪い」を体現するファム・ファタールとしてのゲイブリエルを愛し、その魅力を増すために周囲の人々を殺す。それと対照的に、探偵は呪いの謎を解くだけでなく、こうして作られたファム・ファタール（「ちょっとしたお転婆」と紹介されるゲイブリエルは、ピューリタン的な処女だと判明する）を救うために、彼女を愛しているふりまでする。彼女の「獣のような耳」やその他の身体的特徴に言及していたオプが、あとになって彼女がそれらを呪いの証拠として持ち出したときには、それにとりあわないことを想起してもいいだろう。『デイン家の呪い』はそれ自体としては凡庸な小説かもしれないが、間違いなく『マルタの鷹』の執筆を準備する作品であった。そしておそらくは、この自意識的な小説家がまもなく筆を折ることを予告してさえいたのである。

ハメットが『マルタの鷹』のような悲劇を再び書くことはなかった。中編『闇の中から来た女』（一九三二）では主人公ブラジルとファム・ファタールであるルイーズ・フィッチャーに幸福な——「少々強引な」（ロバート・B・パーカー）——結末が与えられる。『ガラスの鍵』（一九三一）のネド・ボーモンはファム・ファタールのジャネット・ヘンリーに同情してやることができるキャラクターであり（「軽蔑などしませんよ」ボーモンはジャネットの方を見ようともせず、苛立たしげにいった。「あなたが何をしたにせよ、その報いは受けたんです——いい意味でも悪い意味でも。それは俺達の全員にあてはまることですが」）、彼女と一緒に上司であり親友でもあるポール・マドヴィッグのもとを去る。

『影なき男』(三四)の引退した探偵ニック・チャールズはファム・ファタール的な女性であるノラと結婚している。だが、この二人の関係は「決して試練にさらされることがなく」(ドゥーリー)、それはハメット最後の長編が初期作品に見られたドラマティックな緊張を欠いている一つの理由に思われる。ミミ・ジョーゲンセンはファム・ファタールだが、ニックは彼女と取っ組みあいをした際に「興奮した」ことを、妻に対してあけすけに語っている。それほどまでに、この夫婦は「安泰」なのだ。

厳密な意味では探偵小説とは呼びがたいこれらの物語は、『マルタの鷹』以後にハメットが置かれていた困難な立場を示唆するように思える。ジェイムズ・ネアモアは、ハメットの後期作品は「彼がファリックな探偵像に不満を感じていたことを示している」と指摘している。これは正しい観察だろうが、そもそもハメット作品においては「父」となることがいかなる満足も与えない点を想起すれば、むしろ彼は一度たりとも「ファリックな探偵」に満足しなかったというべきだろう。『ガラスの鍵』をネドとポールとのエディパルな劇として読むことは可能だが、その荒涼とした結末は、父権的な地位を継ぐための儀式としての父殺しの機能不全を明らかにするのみである。結局のところ、「ファルス」としての「鍵」は脆いガラスなのだ――(ファリックな形状をした)「マルタの鷹」が偽物であったように。マーリングは「彼らがみな投機の象徴である鷹を追い求めることが、彼らを時代錯誤の存在として規定する」と述べているが、ファム・ファタールに「夢」を見るスペードの悲劇は、時代錯誤（であること）の悲劇なのだ。ハメットの自意識は、彼に再び──常に既に二番煎じの──悲劇を書くことを許さなかったのだろう。そして、まさにこの地点から、ハメットの後継者としてチャンドラーはそのキャリアを開始したのである。

レイモンド・チャンドラー

チャンドラーはしばしば、ハードボイルド小説における理想の探偵についての意見を開陳している。最も有名なものは「単純な殺人芸術」における次のような一節だろう。

［ハードボイルド探偵とは］英雄であり、何一つ欠けているところがない。彼は完全なる人間であり、またありふれた人間でありながら並外れた人間でなければならない。かなり使い古されたいい方かもしれないが、信義を重んじる人間でなくてはならない。それも、本能的、不可避的にそうなのであって、そうあろうと考えたことはなく、ましてやそう口にすることはない。彼は彼の住む世界で最良の人間であり、どんな世界においても十分立派な人間でなければならない。

こうした理想の具現化である探偵フィリップ・マーロウは、『プレイバック』（五八）において「厳しくならなければ、生きていけない。紳士になれないのなら、生きている価値がない」という。このように「口にする」ことは、先の引用でチャンドラー自身が設定したルール――彼もまた「言葉少なく多くを伝える」という「氷山理論」の手法を信じていたことには言及しておくべきだろう――に反しており、これは彼のキャリアで『プレイバック』が最も成功から遠い長編である理由の一つと思われる。それでも、チャンドラーがマーロウを汚れた世界に生きる現代の騎士として描こうとしたことは確かだ。では、より優れた小説において、主人公を賛美すべきキャラクターとして提示するために、チャンドラーは何をしているのだろうか。

ガードナーやハメットの場合と同様に、チャンドラーはファム・ファタールを常に「色」と「金」の化身として描いた。マーロウの女性の扱いはメイスンとスペードの中間をゆくものだが、チャンドラーが二人の先達と異なるのは（ファム・ファタールと対比される）「母」を描かなかった点である。チャンドラーにとって女性とは常に脅威なのであり、それは必然的に、マーロウの女嫌いと孤独を前景化することになる。事実、第一長編の『大いなる眠り』（三九）において、マーロウは「二日酔いになるのはアルコールのせいとは限らない。私の二日酔いは女達がもたらしたものだった。女達が私をむかつかせたのだ」と語り、一人でチェスを指すのを趣味としている男として登場するのだ。

「孤独なミソジニスト」という陰鬱な姿こそ、(「私はタフじゃない。……ただ男性的なだけさ」『高い窓』(四二))とうそぶく)この「男らしい」探偵の正体なのだが、そうした不名誉な性質は、チャンドラーの作品世界における高潔な男としての地位と矛盾するわけではない。マーロウがア・プリオリに幻滅しているにもかかわらず、ではなく、まさしくそれゆえに、チャンドラーはマーロウを現代の騎士として描くことができるのだ。


私はチェス盤を見下ろした。ナイトを動かしたのは間違いだった。……このゲームではナイトは何の意味も持たない。このゲームには騎士《ナイト》の出番はないのだ。(『大いなる眠り』)

騎士のために存在するのではないとわかっている腐敗した世界において、マーロウは自らの意志で妥協を知らぬ騎士であることを選ぶ。この理想主義的ヒロイズム——あるいは敗北主義——が彼を高潔な男とするのである。

マーロウは古風な人間ではあるが、スペードのような意味での時代錯誤には陥っていない。より正確にいえば、彼は自分の時代錯誤に意識的であることにより、スペードのような悲劇の主人公と

A Philip Marlowe Mystery
212
pb
FAREWELL, MY LOVELY
RAYMOND CHANDLER
POCKET BOOK EDITION COMPLETE AND UNABRIDGED

The Mystery from which MGM made the Picture Starring Robert Montgomery and Audrey Totter
Raymond Chandler
389
Another Philip Marlowe Mystery
The LADY IN THE LAKE
COMPLETE & UNABRIDGED

なることをまぬがれているのだ。まさにこの意味において、マーロウはポスト・ハメット型の探偵となる。スペードとは異なり、彼はロマンティシズムと自意識とのあいだの葛藤を経験しない。なぜなら、彼は「ロマンティック・アイロニー」の男だからだ。

ロマン派的イロニー。それは、一切の有限的なもの、経験的なものを軽蔑することによって、そのようにみなす超越論的自己の優位を確認することである。それは一切の目的、したがってヘーゲル的な弁証法を斥ける。何かをなすとしても、意味や根拠によってなすのではない。しかも、それはニヒリズムでもない。逆に、無意味なことをそれと知りつつあえて真剣に戯れるという自己意識に意味を見いだすのである。ここに敗北はありえない。はじめから敗北を前提しているからである。イロニーとは、いわば、絶対的無力を認めることによる絶対的勝利である。(柄谷行人)

チャンドラーの作品に統一性を与えているのがマーロウの皮肉な語り口であるとはよく指摘されることだが、この超越論的な主体が物語る声は、ファム・ファタールが脱神秘的化される瞬間にさえ、なお平静を保っている。

「ヴェルマ・ヴァレントは」体をやや前にかがめ、生気のない表情で微笑んだ。突然、何が変わったというわけでもないのに、彼女の美しさが消え失せた。その姿は百年前であれば危険に、二十年前であれば大胆に見えただろうが、いまではハリウッドのB級映画にすぎなかった。(『さらば愛しき女よ』[四〇])

マーロウはファム・ファタールが演じている茶番の「観客」なのであり、「女優」に向かって「あなたはこの役をとてもうまく演じましたよ」(『湖中の女』[四三])と声をかける。

マーロウの自制のきいた自意識的な語りは、チャンドラーの物語に統一感を与えつつ、ファム・ファタールがはびこる安っぽい物語/映画に見られる扇情性を批判/相対化するよう機能する——「マーロウは繰り返し、ロサンゼルスの光景を嘘つきやペテン師、詐欺師達のレパートリー劇団が演じる映画になぞらえてみせる。毎回登場する役は姦婦で、彼女は間抜けな男達をカモにして、地位と権力を手に入れる。女の裏切りに対して用心を怠らないマーロウは、ほとんどあらゆる犯罪の影にいる、嘘つき女を明るみに出す」(リアーナ・バベナー)。この女嫌いの探偵がファム・ファタールに対してとる「男らしい」超然たる態度を、イギリスびいきの作家による「女性化」した大衆文化への態度として解釈できるかもしれない。そう考えてみれば、モダニスト批評家エドマンド・ウィルソンが大衆小説としての探偵小説ジャンルを辛辣に批判して「友人諸君、我々は少数派ではあるが、〈文学〉は我らの側にあるのだ」と結ぶエッセイにおいて、ジェイムズ・M・ケインの扇情的な作品における「ハリウッド流の古臭い紋切り型」に嫌悪を表明しながら、『さらば愛しき女よ』だけは読むに値すると考えたことも理解できるはずである。

芸術を「男性化」しようとするモダニスト的傾向をチャンドラーの作品に感じられるとすれば、話を一歩進め、マーロウの超然とした視点は「読者」の視点と同一であるとまでいえるかもしれない——マーロウは犯罪小説を読む読者のように世界を眺めるのだ。『さらば愛しき女よ』を例にとってみよう。ファム・ファタールのヴェルマは献身的に彼女を愛すムース・マロイを裏切り、金のために結婚し、マロイを含む多くの男を殺す。マロイとヴェルマの物語はハードボイルド犯罪小説において典型的なものだ。この定型に親しんでいたはずのチャンドラーは、マーロウを超越論的な観察者として導入し、ファム・ファタールのために「馬鹿をみる」ような「間抜け野郎」に同情させる。マーロウが感情的にコミットするのはマロイやガイ・スターンウッド(『大いなる眠り』)、テリー・レノックス(『長いお別れ』[五三])のような男性キャラクターのみであり、そこに同性愛的ではないとしても、ホモソーシャルな欲望を読みとることは容易だろう。

チャンドラーにとって、ファム・ファタールは男同士のロマンスを前景化するための道具である。この戦略は、チャンドラー自身の言葉を借りれば「これまで書かれた映画脚本の中で最良のものの一つ」である『深夜の告白』(四四)において、最も巧みに用いられている。チャンドラー(とビリー・ワイルダー)は、「探偵」バートン・キーズの重要度を高めることにより、ケインのファム・ファタール小説を、チャンドラー流の、探偵と犯人とのあいだにとり交わされる男性同士のホモソーシャルな欲望の物語へと変貌させたのである。実際の映画で採用されなかったもう一つの結末は、(自分の息子同然に愛していた)ウォルター・ネフの処刑を見届けたキーズが、「よろよろと、頭を垂れながら、孤独と失意のうちに、ゆっくりと室外の陽光へと歩み出す」というものだった。こうしたイメージはマーロウにも見事にあてはまるだろう——とりわけ、彼が(キーズと同じく)友人に裏切られる『長いお別れ』において。

[テリーは]振り向いて部屋を横切り、出ていった。私はドアが閉まるのをじっと見つめた。模造大理石の廊下を進む足音に耳を傾けた。やがて足音はかすかになり、そして聞こえなくなった。それでも私は耳をすませていた。何のために? 彼がふと足をとめてきびすを返し、戻ってきて、何か話し、私をこんな気持ちから救い出してくれることを期待していたのだろうか。ともあれ、彼はそうしなかった。私が彼の姿を見たのはこのときが最後だった。

チャンドラーの探偵はこのように独りごつ。彼は独りごちるしかない。彼の男友達は常に、ファム・

ファタールが象徴するもの――「金」と「色」――によって身を滅ぼしてしまうのだから。

チャンドラーがマーロウに超越論的な視座を与えたのは、ハメット的な主人公を語りの中に組みこみ、ハードボイルド探偵小説ジャンルを洗練させるのに有効な手段だった。しかし、(チャンドラーの翻訳者でもある)村上春樹を論じた柄谷行人がいうように、「一切を乗り越えた超越論的自己は、独我論のなかに閉じこめられる」。それはもはや「超越的」主体なのだと、付け加えてもよいだろう。あらゆるものがロマンティック・アイロニーのフィルターを通して提示されるために、マーロウの物語はほとんどモノローグ的な「ロマンス」となっているのだ。

『長いお別れ』のようなチャンドラーの後期作品に見られる強い感傷性は、自身が用いた仕掛けにとらわれてしまった作家の袋小路を示しているように思われる。テリーが見逃されることはマーロウのロマンティシズムを相対化するようにではなく、むしろそれを守り、正当化するように機能する。ロマンティック・アイロニーの鎧をまとうことは、〈他者〉との遭遇によってもたらされる幻滅を回避するための洗練されたやり方である。だが、それは自家中毒をもたらしもするのだ。チャンドラーが未完の『プードル・スプリングス物語』(五九)においてマーロウを結婚させているのは、こうした行き詰まりを打開するためだったのかもしれない。

おわりに

ガードナー、ハメット、チャンドラーは、自意識を持った作家だった——彼らはみな、自分が何をやっているのかよくわかっていたのである。彼らの「大衆的」作品は、熟練の作家の手になれば、文学作品におけるステレオタイプの使用が創造的で興味深いものになり得ることの証左といっていいだろう。

彼らの作品においてファム・ファタールは常に脱神秘化されるが、そのことはファム・ファタールが一つのステレオタイプ、一つの「イメージ」であると承知している、彼らの政治的／イデオロギー的な意識を指し示す。しかしまた同時に、彼らが書いているものが（「謎」が解明されることをジャンル的な前提とする）探偵小説である以上、この「脱神秘化」は予定調和ともいえるだろう。したがって、彼らの詩学的達成は、ファム・ファタールの脱神秘化を彼らがどのように扱ったかという点にこそあるわけだ。ガードナーは彼の弁護士探偵を保護するために、デラという「母」——三〇年代アメリカのもう一つのステレオタイプ——を与えた。チャンドラーは「母」を用いなかったが、彼の女嫌いの探偵はロマンティック・アイロニーの鎧で身を固め、女に何も期待しないことで、自らの安全を確保した。どちらの場合も、探偵はファム・ファタールの正体を知ったからといって幻滅することはない。最初から最後まで、彼らは〈他者〉なき「ロマンス」の世界にいられるのである。

しかしハメットは、ファム・ファタールの脱神秘化を、主人公の自意識がロマンティシズムと葛藤を起こす「小説」的な「事件」として記録した。ハメットが保護者としての「母」をも脱神秘化したことは偶然ではない——「よい母」と「ファム・ファタール」とは、同じロマンティックなコインの裏表なのだから。そしてまた、ハメットの小説がタフなハードボイルド探偵の「男らしい」イメージを転覆していることも、偶然などではあり得ない。メイスンとマーロウはファム・ファタールに対してあらかじめ幻滅しておくことで、「男」としてのアイデンティティを守る。だが、ハメットの小説においては、ファム・ファタールとの邂逅は、「ヒーロー」に自己不信以外の何物ももたらさないのだ。

ハードボイルド探偵小説の先駆者としてのハメットの達成は、この大衆小説ジャンルが、それが構築しているように見える男性性を自ら転覆するという、脱構築的なジャンルとして始まっていたことを示している。この結論は逆説的に響くかもしれない。しかしこのパラドックスは、芸術(家)を「男性化」しようとする「モダニスト的プロジェクト」の謎を解き明かすための重要な手がかりを、我々にもたらしてくれているのである。

注

〔1〕「男らしさ／女らしさ（とはかくあるべきだ）」といった「性差」をめぐる問題。

〔2〕アガサ・クリスティやS・S・ヴァン・ダインなどを中心とする伝統的な推理小説家を指している。

〔3〕ナラティヴ＝物語を統轄するような高次の（それゆえに不可視の）ナラティヴ＝物語。

〔4〕ある「雰囲気」に具体的な形象を与えるもの。

〈主要参考文献〉

柄谷行人『近代日本の批評1　昭和篇（上）』講談社学芸文庫、一九九七年。

——『終焉をめぐって』講談社学術文庫、一九九五年。

ブロッホ、エルンスト「探偵小説の哲学的考察」『異化』船戸満之他訳、白水社、一九九七年。

ベンヤミン、ヴァルター「ボードレールにおける第二帝政期のパリ」『ボードレール他五編』野村修訳、岩波文庫、一九九四年。

Auden, W. H. *The Dyer's Hand and Other Essays*. New York: Random House, 1962.

Aydelotte, William O. "The Detective Story as a Historical Source." *Yale Review* 39 (1949).

Babener, Liahna K. "Raymond Chandler's City of Lies." *Los Angeles in Fiction: A Collection of Original Essays*. Ed. David Fine. Albuquerque: U of New Mexico P, 1984.

Dooley, Dennis. *Dashiell Hammett*. New York: Ungar, 1984.

Grella, George. "Murder and Manners: The Formal Detective Novel." *Dimensions and Detective Fiction*.

Ed. Larry N. Landrum, et al. N.p.: Popular, 1976.

Huyssen, Andreas. *After the Great Divide: Modernism, Mass Culture, Postmodernism*. Bloomington: Indiana UP, 1986.

McCracken, Scott. *Pulp: Reading Popular Fiction*. Manchester: Manchester UP, 1998.

Macdonald, Ross. *On Crime Writing*. Santa Barbara: Capra, 1973.

Marling, William. *The American Roman Noir: Hammett, Cain, and Chandler*. Athens: U of Georgia P, 1995.

Naremore, James. "Dashiell Hammett and the Poetics of Hard-Boiled Detection." *Art in Crime Writing: Essays on Detective Fiction*. Ed. Bernard Benstock. New York: St. Martin's, 1983.

O'Brien, Geoffrey. *Hardboiled America: Lurid Paperbacks and the Masters of Noir*. Expanded ed. New York: Da Capo, 1997.

Ruehlmann, Willilam. *Saint with a Gun: The Unlawful American Private Eye*. New York: NYU P, 1974.

Tallack, Douglas G. "William Faulkner and the Tradition of Tough-Guy Fiction." *Dimensions and Detective Fiction*. Ed. Larry N. Landrum, et al. N.p.: Popular, 1976.

Todd, Ellen Wiley. *The "New Woman" Revised: Painting and Gender Politics on Fourteenth Street*. Berkeley: U of California P, 1993.

Todorov, Tzvetan. *The Poetics of Prose*. Trans. Richard Howard. Ithaca: Cornell UP, 1977.

Wilson, Edmund. *Classics and Commercials: A Literary Chronicle of the Forties*. New York: Vintage, 1962.

Ⅲ　黒の先駆

『ガラスの鍵』――ノワールの先駆

「古典」としての地位を得たハメットの小説

『ガラスの鍵』はダシール・ハメットの長編第四作にあたる小説である。彼のそれまでの長編小説と同様、まず伝説的パルプ・マガジン『ブラック・マスク』に分載（一九三〇年三月号から六月号まで）されたあと、翌年四月にクノップ社から単行本として出版された。生前、自作についてほとんど語ることがなかったハメットだが、彼が本書を最も気に入っていたことはよく知られている。

ハメットは、生涯に長編小説を五つしか書かなかった。すなわち、『赤い収穫』(二九)、『デイン家の呪い』(同)、『マルタの鷹』(三〇)、『ガラスの鍵』(三一)、そして『影なき男』(三四)という五冊である。つまり、ハメットは『影なき男』を脱稿してから一九六一年に六六歳で没するまでの四半世紀、小説家としてはほぼ完全に沈黙してしまったのである。

こうした「沈黙」にもかかわらず――というよりはむしろそれゆえに――ハメットという作家は人の好奇心を刺激し、何冊もの伝記が書かれてきた。そこから浮かびあがるハメット像――父親との不和、若い頃からの肺病、酒と女への耽溺、ピンカートン探偵社におけるプロの探偵としてのさまざまな経験、二度の従軍、マッカーシズムへの抵抗およびその結果としての投獄と不遇な晩年――は「ハードボイルド作家」としてのハメットにまことに相応しく、その「相応しさ」はほとんど感動的でさえある。例えば彼の作品が暴力に満ちた醜い現実を描くものとなったこと、あるいは「父」による「子殺し」が繰り返しあらわれる主題の一つになっていることなどは、彼の人生を考えると「必然」だったといわねばならないし、その「必然性」に向かいあったことが彼を稀有な作家としたのだろう。その「必然性」を誠実に引き受けることが、後年の沈黙と不遇を招いたとしても、それは仕方のないことだと彼は思っていたはずだ。

だとすれば、ハメットが右にあげた五冊しか長編を書かなかった(あるいは、書けなかった)ことについては、嘆くのではなく襟を正すというのが正しい態度なのかもしれない。そうした観点からすれば、短期間に続けざまに出版されたそれらの作品によって、彼が「ハードボイルド探偵小説」を確立した作家として文学の歴史に不朽の名を残したことを、まず僥倖として喜ぶべきなのだろう。一九二〇年代（から三〇年代）はパルプ・マガジンの全盛期であり、それは彼以前にも暴力的な世界を描く大衆作家がいたことを意味する。しかしながら、ハメットという強靱な個性が出現しなければ、例えばキャロル・ジョン・デイリーがそのジャンルの始祖と呼ばれることはなかったはずである。そしてまた、ハメットがいなければ、レイモンド・チャンドラーもロス・マクドナルドも、ロバート・B・パーカーもジェイムズ・クラムリーもいなかったのだ。ハメットは、いわば文学の歴史を変えてしまったのである。

このようにして、一つの文学ジャンルの確立者としてのハメットの功績は、いくら強調してもしすぎるということはない。彼が作家として活動した大戦間という時代は探偵小説の「黄金時代」として知られているが、それはすなわち探偵小説の「パズル化」が進んだ時期でもあった。そうした背景に鑑みて、ハードボイルド探偵小説は探偵小説に「現実」を導入したと評価され、ハメットの作品は探偵小説を「文学」にしたともいわれてきた。事実、アメリカ本国においては、早くも一九三四年に『マルタの鷹』が「モダン・ライブラリー」というシリアスな文学叢書に探偵小説としてはじめて加えられて話題となったが、今日ではハメットの全長編と主要な短編が、「永遠に活字として残し、広く読者の手に届くようにする」プロジェクトである「ライブラリー・オブ・アメリカ」に収められている。我が国においても、ハメットが作家として書いた文章は、数多くの短編を含めてのきなみ翻訳されてきたし、最近（二〇一〇年）刊行されたアメリカ文学史（渡辺利雄『講義アメリカ文学史補遺版』）においても一章が割かれて詳しく紹介されることとなった。死後およそ半世紀を経て、彼の小説は「古典」と呼ばれる地位を得たといっていいだろう。

ただし、おそらくはあらゆる「古典」がそうであるように、ハメットの諸作品は「ハードボイルド探偵小説の古典」と呼んでわかった気になるには、あまりにも豊かである。これは、「現実」を描いた「ハードボイルド探偵小説」がそのまま「文学」になるわけではないのと同じことである。先述したデイリーであれば、「ハードボイルド探偵小説」の「始祖」と呼んでおけばそれですんでしまうのであり、その作品を実際に読む人などもはやほとんどいない。だが、ハメットの場合はそうはいかないのだ。そしてさらにいうなら、右にあげた作家の中で、日本においてとりわけ人気が高いのはチャンドラーとパーカーということになるだろうが、例えば彼らの本を読んでハードボイルド小説に興味を持った人が、その起源とされるハメットの作品を読んだときに抱く気持ちにしても、「古典」に（ほとんど無意識のうちに）期待される安心感というよりはむしろ違和感となるはずなのである。

ハメットの小説は、一般に流通しているハードボイルド探偵小説のイメージから逸脱する何かを持っている。その「何か」を「文学性」と呼ぶことも可能だろう。その意味においては、ハードボイルド探偵小説なるものにさしたる関心を持ってこなかった──あるいは、そのイメージにネガティヴな印象しか持ってこなかった──人にも、ハメットの作品は違和感をともなう貴重な読書体験を与えてくれるはずである。以下の拙文においては、こうした「違和感」(あるいは「文学性」)を『ガラスの鍵』に即して少し考えてみることにしたい。そうすることによって、ハメットというハードボイルド探偵小説の「起源《オリジン》」が、優れて「孤独《オリジナル》」な作家であったことをいくらかなりとも示唆できればと思う。

簡単には共感できない主人公ネド・ボーモン

ハードボイルド探偵小説は、そのジャンル的祖先としてウェスタン小説を持つともいわれている。そうした通説はハメットの『赤い収穫』があってこそのものだともいえるのだが、ともあれそれをふまえた上で一般に流通していると思われるハードボイルド探偵小説のイメージをまず整理しておくなら、おそらく次のようなものになるだろう。すなわち——酒と女に強いタフな私立探偵が、彼の捜査を邪魔しようとする人々（ギャングであれ、警官であれ、あるいは依頼人であれ）にへらず口を叩き、殴ったり殴られたりを繰り返しながら事件を解決することになるが、そのようにして腐敗した世界を生き抜くために、探偵は非情でなくてはならず、したがって孤独をその宿命とすることになるものの、またそれゆえに自分なりの倫理を貫徹する孤高の騎士となることができる……。

念のためにいっておけば、こうした「イメージ」がハメットの作品にまったくあてはまらないというわけではない。「孤高の騎士」という理想化された私立探偵像は、ハードボイルド探偵小説をジャンルとして洗練させ、ひとまず完成させたとさえいっていいチャンドラーが、その探偵フィリップ・マーロウを通して作りあげたものであるが（興味がある方は、チャンドラーの有名なエッセイ「単純な殺人芸術」を参照されたい）、ハメットの場合においても、例えば『マルタの鷹』のサム・スペードはかなりの程度こういったイメージに合致する探偵となっているのだし、そうしたヒーロー像がその姿に共感する数多の読者を強力に惹きつけてきたことも疑いのない事実であろう。作品冒頭で「金髪の悪魔」と呼ばれる主人公が、小説のそこかしこで「ヒーロー」とはいささか呼びにくいような姿を見せることがあるにしても、である。

だが、ここで重要なのは、『マルタの鷹』でかなりの程度は「理想的」な探偵を造型することに成功したハメットが、それに続く『ガラスの鍵』において、探偵の「ヒーロー性」に磨きをかけ、小説をチャンドラー的な方向──誤解を恐れずに単純化していってしまえば、「わかりやすい」方向──に「洗練」させる道には進まなかったということである。ハメットが選択したのは、もっとハードで、白黒がはっきりしない世界、超越的な主体などどこにもおらず、すっきりとした答えが決して出ないような世界だった。あるいはこういってもいい。『ガラスの鍵』の世界とは、ハメット自身が「夢の男《ドリーム・マン》」と呼んだスペードのような人物が存在することが──夢見ることさえも──許されない、あまりにも散文的な「現実」なのだと。『ガラスの鍵』にも脇役として有能な私立探偵が登場するが、その人物がいかにも職業探偵らしく極めて現実的に振る舞っていることを、ここで想起しておいてもいいだろう。

私立探偵があくまでも職業探偵である『ガラスの鍵』の世界において、主人公として「探偵役」を務めるのはネド・ボーモンという賭博師である。しかもこの人物は、ある地方都市（メリーランド州ボルティモアがモデルであるといわれている）の政治屋──はっきりいってしまえば、ギャングの親玉──であるポール・マドヴィッグの右腕として設定されている。実際、小説中で起きる「事件」に対するボーモンの行動は、何よりもまず、それを自分の利益のために利用できるだろうか、あるいはそれがボスに不利益を与えるものになってしまうだろうかといったような、世俗的かつ現実的な関心によって決定されることになるのだ。そのような人物が「正義の味方」などであるはずはないだろうが、それは取りも直さず、読者が主人公に「共感」することがそれほど簡単ではないということでもある。

興味深いことに、原文において、ハメットは主人公を「ネド」でもなければ「ボーモン」でもなく、必ず「ネド・ボーモン」とフルネームで表記している。こうしたあからさまに異常な表記法によって意図されているのは、主人公を読者にとって〈他者〉にとどめておこうということだろう。そうした意識はもちろん、小説全体の「ハードボイルド」な文体に染み渡っている。ハードボイルド探偵小説といえば一人称(俺/私)の語りが「定番」とされているが、叙情を排した厳密な三人称客観のスタイルで綴られている『ガラスの鍵』では、主人公の内面が開示されることは一度たりともない(これはハメットの先行作と比較しても、この作品で際立って徹底されている)。読者には、口の端を歪めたり口髭をいじったりというような細かい身振りから、ボーモンが何を感じているのかをいちいち推測することが求められているのだ。

このようにして、『ガラスの鍵』という小説においては、主人公に「共感」するためには読者が相応の努力を払わなくてはならない。そのような面倒な作業——わかりにくさ——などにはとても付きあいきれないという人には、残念ながらこの作品は向いていないということになるのだろう。しかし、ハメットがこうした「わかりにくさ」をほとんど「ぶっきらぼう」なほどに――「ハードボイルド」に――出すことを可能にしているのが、彼の読者に対する、あるいは文学に対する信頼と呼ぶべきものであることは強調しておきたい。この小説がそのような「信頼」によって書かれた作品であることと、この作品をハメットが深く愛したことは通底しているはずである。

右で述べたことのポイントはもちろん、そのような「相応の努力」を厭わない読者は、ボーモンの物語から深い感動を得られるということにある。そもそも、少し立ち止まって考えてみれば、誰にでも簡単に理解され、愛されてしまうような隙だらけの人物がハードボイルド小説の主人公になってしまうなどというのは、ほとんど原理的に矛盾していることに気づくだろう。読者の共感を簡単には得られない人物に「設定」されているのは、ハードボイルド小説の主人公にとっていかにも相応しいのだ。それは単に彼が他人に対して容易に心を開かない「非情」な人物であるということだけではなく、徹底した「孤独」の中にあらかじめ、宿命的に追いやられていることを意味するのだから。

このように考えてみると、ボーモンが「探偵」ではないという『ガラスの鍵』の設定は、彼がそれまでのハメット作品の主人公達よりも、さらに厳しい宿命を負わされていることを示唆するように思えてくる。主人公が「探偵」であれば、彼が一見どれほど「非情」に感じられたとしても、そのハードな振る舞いの底には探偵としての倫理があるはずだと読者は(基本的には)信じることができる。そしてより重要なことに、そうした「探偵としての倫理」を、探偵自身が信じることができるのだ。『マルタの鷹』のクライマックスにおけるスペードの決断は、「探偵」である彼がどうしても下さねばならないものだった。しかしそれは、逆の観点からすれば、その決断がそれ自体としてどれほど苦いものであったとしても、スペードは「探偵」であることをいわば「言い訳」にできたということでもある。つまり、スペードが「ヒーロー」となり得るのは、彼が「探偵」であるからなのだ。

もっとも、急いで付言しておけば、『マルタの鷹』を卓越した小説としている大きな理由の一つは、同書が「探偵」を「ヒーロー」とするハードボイルド探偵小説の「からくり」をさらけ出し、その先へと進んで(しまって)いることにあるのだが、いまはその点を論じる余裕はない。ここで述べておきたいのは、その「先」にある地平にたどり着いてしまったハメットという小説家が、次作となる『ガラスの鍵』において主人公から「探偵」という「よりどころ」を奪ってしまったことが、ほとんど必然のように思われるということだ。もちろん、その「必然性」はハメット個人にとっての必然性であり、やがて「ハードボイルド探偵小説」というジャンルは、沈黙している彼を尻目に別の水準で洗練されていくことになるのだが——。

「ノワール小説」の先駆としてのハメット

おそらくはハードボイルド探偵小説というジャンルが、ハメットの選んだ道とはいささか異なる方向へと洗練されていったこともあり、『ガラスの鍵』は長らく読者を、そして批評家を戸惑わせる書物でもあった(本書をハメットの最高傑作とするジュリアン・シモンズのような作家／批評家もいるが)。だが、二〇世紀小説が歴史化され、それと並行してハードボイルド探偵小説の歴史が整理され、ハメット作品が「古典」と目されるようになった二一世紀の現在、そろそろこの「わかりにくい」小説の本質に迫ることが可能となってきたようにも思える。事実、近年のアメリカ文学・文化の研究者達は、ハメットの小説を、それが書かれた大戦間という文脈に差し戻して読み直すことによって豊かな成果をあげてきた。彼らの研究に一般読者が直接触れる機会はほとんどないだろうが、そうした潮流は、間接的な形では既に広く影響を及ぼしているといっていい。一例をあげておけば、ハメットを「歴史化」して読む作業は、彼の作品を「ノワール小説」の先駆として位置づけることになったのである。

もちろんこの「ノワール」というカテゴリーも定義が難しいのだが、ここではその曖昧さを逆手にとり、ノワールを狭義の「ジャンル」というより作品の「雰囲気」としておくことで話を進めたい。そのような観点からは、ノワールとは「出口のない閉塞した世界において、運命に翻弄されて虚しくあがく人間を描く作品」ということになるだろう。その種の作品を書く作家としてはジム・トンプソンやジェイムズ・エルロイなどが日本でも広く知られ、よく読まれているわけだが、当面の文脈で強調しておきたいのは、従来「ハードボイルド」と呼ばれていた作家・作品の多くが、この広い定義では「ノワール」に含まれるということである。実際、例えばハメットと並べてハードボイルド小説の起源に据えられてきたジェイムズ・M・ケインにしても、今日では「ノワール作家」と呼ぶ方がはるかに自然に感じられるようになっている。

このようにして「ノワール」が「ハードボイルド」(の少なくとも部分)を含むものとして考えられるようになった現在、ハメット作品をハードボイルド小説の「イメージ」を引きずって読もうとするときについてまわる「違和感」も、払拭されるのではないだろうか。アメリカン・ノワールが最初の黒い花を乱れ咲かせたのは一九三〇年代、すなわち禁酒法が施行されてギャングが跋扈したバブル期の二〇年代を経て突入した大恐慌の時代である。株価の暴落が持つ意味を大衆がすぐには理解しなかったとしても、まもなく銀行が営業を停止し、失業者は町にあふれることとなる。近過去の繁栄を記憶していただけになおさらだが、人々は不条理な現実を前に当惑し、次いでやり場のない怒りを抱え、そしてゆっくりと絶望していった。そうした暗い時代に、「夢」を与えようとする作家はいた。だが、出口のない「悪夢」を見据える作家もおり、ハメットはそのような小説家だった——いや、おそらくより正確には、ハメットという卓越した才能が個人としてたどり着いた地平が、恐慌を機にアメリカにおいて一気に拓かれてしまったというべきだろう。

『ガラスの鍵』という小説が持つ強度は、個人と時代がそのようにして邂逅することで生まれた。この「ヒーロー」を登場させられないハードボイルド探偵小説が、ノワール的閉塞感に覆われることになったのは「必然」だったのである。そこでは登場人物達はみな暗黒街の論理で動き、〈外部〉の視点は導入されないため、暴力や腐敗は「普通」のこととされ、相対化されることがない（『マルタの鷹』において秘書が与えてくれた癒しを、この作品ではマドヴィッグの母親が与えてくれそうに見えるが、彼女は一貫して「口出しをしない」女性である）。そうした息苦しい作品世界に生きる主人公が持てる矜持は、「耐えなくてはならないのなら、どんなことにも耐えられる」ということくらいである。敗北を半ば(以上に)宿命とする賭博を渡世の手段とするボーモンにとって(そもそも彼は負けのこんだ賭博師として作品に登場する)、世界とはそこで「勝ち逃げ」できるような場所ではない。「世界」とは人を一方的に罰するものとして存在するのであり、そこで彼に望めるのは「耐える」ことだけなのだ。

だが、何のためにボーモンは耐えなくてはならないのだろうか。繰り返していえば、彼は「探偵」としての倫理を持たない。そもそも彼には「依頼人」さえいないのだ。それはつまり、過酷な運命に耐えなくてはならない根拠が外側からは与えられていないということである。マドヴィッグが彼の「捜査」を喜ばないという事実に端的にあらわれているように、ボーモンはあくまでも「個人」として不条理な運命に耐えなくてはならず、かくして彼は——スペードやコンチネンタル・オプの場合には想像できないことだが——しばしば動揺し、神経質な様子を見せるばかりか(彼に特徴的な仕草の一つは、爪を嚙むというものである)、ときには涙を流し、一度など自殺未遂にまで至ることになる。行動を支える倫理を自己の外部に「言い訳」として持つことができなければ、「どんなことにも耐えられる」はずのハードな心でさえ折れてしまう瞬間が訪れるのだ。

耐えなくてはならない理由などどこにもないのに、それでも人は耐えなくてはならないのか——ハメットが『ガラスの鍵』というハードボイルド小説で突きつけてくる問いは、こうした逆説的なものである。もちろん、その「問い」に「正答」などあるはずがない。「ヒーロー」不在の「現実」の世界において、「正しい生き方」などというものはないのだから。「探偵小説」という体裁をとっているこの小説においては、当然「謎」というものが存在し、ボーモンはそれを解く。だが、物語が結末を迎えるとき、主人公が見つめるのは開いたドアという虚空である。その残酷なまでに圧倒的なオープン・エンディングに立ち会わされる読者は、すべてが終わっても、閉塞感が解消されない——「現実」から〈外〉に出ることなどできない——ことを「実感」させられるだろう。「鍵」は「真実」をさらしてくれはしても、「問題」を解決してはくれない。ガラスの鍵（鍵はもちろん、男性性の象徴でもある）は脆くも砕け散ってしまうさだめにあり、あとに残るのは虚しさばかりなのだ。

しかしいうまでもなく、虚しさばかりが残る小説を読むことが、虚しさばかりが残る体験であるわけではない。それは虚しさを見つめた主人公と作者を、追体験する営みに他ならないからである。だとすれば、『ガラスの鍵』が「わかりにくい」小説であるのは仕方がないというべきだろう。その「わかりにくさ」に耐え、そこから目をそむけない読者だけがネド・ボーモンの苦境を実感できるのだから。そしてそのような実感を得た読者は、ダシール・ハメットの孤独にも思いをいたすかもしれない――キャリアの絶頂期にこのような作品を書いてしまったハメットが、まもなく小説を書けなくなってしまうことの重い「必然性」に。

自分が孤独に抱えていると思っていた問題を、既に自分より徹底して見据えている人間がいた――こうした実感を与えてくれる作品を「古典」と呼ぶのなら、『ガラスの鍵』はまさしくそのような小説である。この作品を自分にとって大切な小説と感じられた方は、ぜひともハメットの他の作品もお読みいただきたい。彼は五つしか長編を書かなかったが、一つとして前と同じような小説を書かなかった（書けなかった）。したがって、『ガラスの鍵』を愛する読者は『赤い収穫』や『マルタの鷹』には「違和感」を抱くことになるかもしれないが、小説というものは「違和感」があるからこそ「相応の努力」を払って読む価値があることを、ハメットという誠実な作家は繰り返し納得させてくれるはずである。

『ガラスの鍵』――ノワールの先駆

成長する作家——「『マルタの鷹』講義」補講

「『マルタの鷹』講義」を終えて

私は『Web英語青年』誌上において、「『マルタの鷹』講義」と題した連載を二〇〇九年四月から二〇一一年三月までおこない、二〇一二年に単行本にまとめた。「好きなだけ書いてください」と編集長にいわれて始まった「講義」は結局二年続き、全体の分量もかなりのものとなった。スラングの解説などの純粋に語学的な注釈も含めれば、四〇〇字詰め原稿用紙に換算して七五〇枚は超えたはずである。代表作についてそれくらい書けば、一人の作家に関しては十分に論じたといえるようになっていいと思えるし、実際、そうなるつもりで連載を続けていた。

だが、連載が終わっても、そうはならなかった。直接の題材として扱った『マルタの鷹』に関してはまだしも、作者ダシール・ハメットについては、もっと考えなくてはならないという気持ちが生まれてしまったのだ。連載を始める前から『マルタの鷹』が精読に値する傑作であることには疑いがなかったが、いざ実際に一文一文を精読してみると、それが傑作になるべくしてなったとつくづく思い知らされてしまったためである。例えば、連載と並行して、現在の我々が読む『マルタの鷹』と、雑誌初出時のものとの比較照合をおこなってみたのだが、そうしてできあがった二千を軽く超える改稿箇所のリスト（これも『Web 英語青年』二〇一一年二月号、三月号にて発表）は、ハメットという作家が句読点の一つに至るまでおろそかにせず、自作のあらゆる面に関して徹底して意識的であろうとしたことを証拠立てるものとなっている。[1]

世の中の「傑作」にはたまたま生まれてしまったというようなものも数多くあるだろうが、『マルタの鷹』は断じてそのような偶然の産物ではない――そう確信させられてみると、『マルタの鷹』の作者が、いったいどこから来てどこへ進んだのかが気になってくる。すなわち、あのような傑作を書くにはどのような準備段階が必要であったのかということ、そしてあのような傑作を書いた事実が、ハメットという自意識の強い小説家にとってどのような意味を持つに至ったのかということである。

作家の中には、第一作が（荒削りであっても）最も刺激的な作品であり、以後は（洗練度は高まっても）その変奏と見なし得るような作品をひたすら書き続ける場合も多いように思われる。だが、ハメットはそうではなかった。彼は一九二九年の『赤い収穫』から三四年の『影なき男』までの短期間に五つの長編を発表したが、一つとして前と似通った作品を書かなかったのである。それは彼の自意識が許さなかったといってもいいが、別言すれば、彼が作家として成長し続けていったということでもあるはずだ。短くはあってもハメットのキャリア全体を総括することなどこの小論ではもとより望むべくもないが、没後五十年というせっかくの節目でもあり、いわば「『マルタの鷹』講義」の「補講」として、以下、五つの長編でハメットがたどった「成長」の軌跡を素描してみたい。

『マルタの鷹』以前

ハメットの第一長編『赤い収穫』は、彼がパルプマガジン『ブラック・マスク』で書いていた「コンチネンタル・オプもの」からの発展として生まれた。これは単に同じ主人公が用いられているというだけのことではなく、ほとんど文字通りの意味で「発展として生まれた」のである。オリジナルの『赤い収穫』は、四回に分けて同誌に掲載されたのだが、それらはそれぞれが独立した短編として読めるように構成されている（これは次作『デイン家の呪い』についても同様である）。したがって、派手なアクションとスピーディーな物語展開という『赤い収穫』に顕著な特徴は、それが雑誌に掲載されたものをまとめてできあがったという経緯と密接に関係していると考えるべきだろう。

しかしながら、というべきか、四回の分載を終え、それらをまとめてクノップ社の編集者に出版を打診することになったとき、ハメットは「長編作家」としての課題に直面せざるを得なかったはずであり、その一つが主人公の「キャラクター」という問題である。短編としての「オプもの」を書いている限り、物語は「派手なアクションとスピーディーな展開」が中心となり、それゆえにオプは探偵会社の一社員として固有名を、そして個性を持たない存在でよかった。だが、読者が長時間探偵に寄り添う長編作品ということになると、ストーリーで押していくだけでは作品が単調になってしまいかねないのである。

そこでハメットは前提を逆転させた。つまり、個性を持たないということこそをオプの「個性」としたのである。そうした設定は小説の序盤における「わたしが〝わたし〟というときは、コンチネンタル探偵社のことをいっているのです」という有名な台詞に端的にあらわれている通りだが、重要なのは、この逆転によって、「オプもの」が事件中心の「アクション小説」からキャラクター中心の「ハードボイルド小説」へと一気に変貌を遂げたということである。オプという探偵に即していうなら、彼は「感情」を持つ必要がない主人公から、「感情」を抑圧して「非情」に振る舞わねばならない主人公へと生まれ変わったのだ。

もちろん、ここでのポイントは、「抑圧」しなくてはならない「感情」が、オプの中にいわば「発見」されてしまったということである。そしてそうした主人公の「感情」の揺れが垣間見られることがハメット以後、ハードボイルド小説の「読みどころ」となっていくのであり、だとすればその例をジャンルの起源に位置する『赤い収穫』の中から丁寧に拾っていくことは必要な作業であるのだが、残念ながらその紙幅はない。だが、そのように考えながら『デイン家の呪い』へと目を向けてみると、ハメットがそうした「揺れ」を興味深い形で提示していることに気づかされる。

『デイン家の呪い』は、ハメットの小説には珍しく、ゴシック・ロマン風味をきかせた作品であるのだが、その「ゴシック・ロマン風味」はかなりの程度、オプの友人として登場し、ヒロインを「デイン家の呪い」を体現する「ファム・ファタール（宿命の女）」と見なそうとする作家、オーウェン・フィッツステファンの存在によるものであるといっていい。図式化してしまうと、この小説の基底には、「呪い」という神秘的な「謎」を喜ぶ作家のロマンティシズムと、その「呪い」を「怒った女の口から飛び出したたわごとにすぎない」ものと見なして「謎」を解いていこうとする「非情」な探偵のリアリズムとの葛藤が据えられているのである。

こうした「ロマンティシズム対リアリズム」という図式は、探偵が「謎解き」を「宿命」とする以上、それ自体としてはありふれているともいえるだろうし、それは『デイン家の呪い』の低評価とも無関係ではないかもしれない。だが、この「図式」にキャリアのこの段階でハメットが自力で到達したという事実は意義深い。それはその「結果」が持つ意味を、ジャンルの確立者としてのハメットが意識したことを示唆するように思えるからだ。第一長編において探偵の中に「発見」された「感情」と「非情」のあいだの「揺れ」がここでは外在化されており、それはすなわちオプの「感情」が(フィッツステファンに委託されたために)前作よりも排除されていることを意味するわけだが、それが本作の「ハードボイルド小説」としての「弱さ」を(あるいは、本書を「ハードボイルド小説」という基準で裁断すること自体、さして意味がないように思わせるという結果を)もたらしてしまったというのなら——その「揺れ」はやはり探偵の中に差し戻されなくてはならない。

『マルタの鷹』

そこでオプの後任としてサム・スペードの登場となる。この素晴らしく複雑なキャラクターに関する詳しい議論は『「マルタの鷹」講義』をお読みいただければと思うが、当面の文脈で強調しておきたいのは、ここにおいてハメットが、探偵に固有名を与え、組織から解放し（探偵事務所のパートナーも、すぐに作品舞台から退場させてしまう）、あくまでも「個人」として事件に向かいあうように命じたということである。

批評家達は『マルタの鷹』（以降の作品）がそれまでの二作と異なる点として、しばしば四つの特徴を指摘してきた。すなわち、（1）エピソードを積み重ねていくというスタイルから、単一のプロットに集中するという変化、（2）暴力の減少、（3）「シリーズもの」から「非シリーズもの」へのシフト、そして（4）一人称小説から三人称小説への移行、である。こうした特徴はそれぞれ熟考に値するのだが、とり急ぎ指摘されるべきは、これらがすべて探偵「個人」の葛藤に焦点をあてるという目的に寄与していることだろう——本作においてハメットは、（1）雑誌掲載という形式に配慮せず、単一のプロットで主人公のキャラクターを深めることを目指し、（2）派手なアクションを減らして「葛藤」は探偵個人の内面に埋めこみ、（3）「シリーズもの」という枠組みをとり払って当該事件への探偵の関わりを特別なものとし、（4）三人称の語りを採用して、何を考えているかわからない主人公の「内面」へ読者の注意を向けたのだ。

こうして『マルタの鷹』は極めて密度の高い小説となり、誰もが知っているように、夢と幻滅（ロマンティシズムとリアリズム）をめぐって繰り広げられるこの葛藤のドラマは、以後のハードボイルド探偵小説家にとっての「教科書」となった。だが、それはすなわち、真摯な作家にとっては、本書がほとんど乗り越えることが不可能な「壁」のように感じられてしまいかねないということでもあるだろう。レイモンド・チャンドラーやローレンス・ブロックが貴重な存在であるのは、彼らがそうした「壁」の存在に鋭く意識的であったためと思われるのだが、しかしいうまでもなく、ここでの問題は、ハメット自身がその「壁」にどう応接したかである。

『マルタの鷹』以後

そうした観点から注目させられるのは、『マルタの鷹』に見られるような特徴が、次作『ガラスの鍵』ではさらに徹底されているということである。事件の解決は主人公にとっていささかも好ましい結果をもたらさないし、先述した四点はすべて『ガラスの鍵』にもあてはまる。したがって、『ガラスの鍵』でハメットが進んだ道は、『マルタの鷹』の延長線上にあるとひとまずは見なせるのだが、いま言及したような「徹底ぶり」は、今日の目からすれば、この第四長編を「ハードボイルド」という枠組みから超越させ、むしろ「ノワール」の領域に踏みこませることになったといってみたい。

詳しいジャンル論を展開する余裕はないし、厳密な定義をする必要もないだろうが、ハードボイルド小説が「個人」に焦点をあてるとすれば、ノワール小説はその「個人」を含む「社会」を（いっそう）強く「問題」とする。前者の中心に「夢と幻滅」のドラマがあるとすれば、後者にあるのはそうした「ドラマ」自体を押し潰してしまうような閉塞感なのだ。スペードの物語には、美女と財宝を得られるかもしれないという「夢」があったが、そうした「夢」はネド・ボーモンの物語にはまったくない。そもそも「探偵」でない賭博師ボーモンには、守るべき「規範」さえないのである。強いていえば、ボスとの友情のために彼は孤独に戦うということになるのだろうが、ボーモンの「勝利」はボスにとっては「敗北」以外の何物でもなく、事件の解決はカタルシスをもたらさないのだ。『ガラスの鍵』という小説は、どこにも行き着かないのではないかと思っていると、どこにも行き着かないで終わる物語である。そうした物語が文学作品としての強度を備えた魅力的なものとなり得たことは、それをハメットが『マルタの鷹』以後に書かれるべき小説として書いたことに起因しているように思える。『マルタの鷹』を書いてしまったハメットにとっては、「夢と幻滅」という物語展開はもはや予定調和（マッチポンプ）としか思えなくなっていたのだろう。それは取りも直さず、「ヒーロー」を登場させられないという条件の下で「探偵小説」を書かざるを得ないということであり、たかだか「謎」を解いた程度で閉塞した社会の〈外部〉へ出られるわけがないという、身も蓋もない散文的な「現実」を苦く受け入れるということであった。

このように見てくると、ハメットがもう自分には探偵小説を書けないと感じても不思議ではないだろうし、最後の探偵小説――そして最後の長編小説――として書かれた『影なき男』に染み渡っているシニシズムを理解できるようにもなってくるだろう。探偵業からすっかり足を洗い、いまでは酒のグラスを手に妻ノラと洒脱な会話を楽しんでいるニック・チャールズは、内的葛藤を持たないし、閉塞した世界で息苦しさを感じることもない。『マルタの鷹』においてはあれほどのドラマを引き起こした「ファム・ファタール」的な女性と幸せな結婚生活を営んでいる事実が象徴的に示すように、ひと言でいってしまえば、チャールズは「大人」なのである。

そうした主人公を擁した『影なき男』は、やはりひと言でいってしまえば「大人の小説」ということになるだろう。実際、『影なき男』から振り返ってみれば、『マルタの鷹』も『ガラスの鍵』もいささか青臭く感じられもするかもしれないし、ここにおいて「成長」を続けてきたハメットが「成熟」へと至ったと結論づけることもできるはずである。「成熟」とは概してさまざまなものの「喪失」と引き換えに成し遂げられるものであり、『影なき男』が『マルタの鷹』と比べて小説として優れているとはいえないだろうが、たとえそうであるとしても、こうしてハメットのキャリアを追いかけてくると、彼がさまざまなものを失いながらここまでたどり着いたこと自体の重みを受けとめるべきだと思われるのだ。
リタイアした探偵を主人公に『影なき男』を書いたときのハメットは、「これでよければいくらでも書ける」と思っていたに違いないし、事実、この「おしどり夫婦もの」は映画にラジオ、そしてテレビでシリーズ化されていくことになる。苦しみを個人的に抱えこまない探偵は、何度でも登場できるのだ。だがもちろん、その「シリーズ化」にハメットが直接関わりはしなかったことは銘記しておかねばならない。「いくらでも書ける」ものを一作だけ書いたハメットは、それが自らの手を離れて商業化されていくのを、シニカルに眺めやっていたことだろう。そうしたシニシズムが以後の沈黙をもたらすことになる以上、作家として「成長」し続けたことは、ハメットにとって――あるいは我々にとっても――必ずしも慶賀すべきことではないのかもしれない。だが、その「成長」なくしては、珠玉と呼ぶに相応しい五つの小説もまたなかったのだから、我々としてはそのあまりにも重い沈黙も含め、ハメットという作家全体を読む作業をこれからも続けていかなくてはならないのである。

注
〔1〕改稿箇所のリストは、現在、以下のサイトからダウンロードできる。
http://www.kenkyusha.co.jp/modules/03_webeigo/

ハメットと文学

アカデミズムにおけるハメットの評価

アメリカ文学の研究者が、ある作家について調べようと思ったとする。一昔前であれば、大学図書館に足を運び、その作家に関する著作が集められている棚の前に立ち、なるべく新しい本を数冊抜き出して、巻末の書誌をチェックしていたことだろう。だが現在、最初にやることは、パソコンを開き、図書館のウェブサイトを経由して*MLA International Bibliography*というデータベースにアクセスするという、極めてシンプルな作業である(「MLA＝近現代語学文学協会」は北米最大の文学系学会)。そうするだけで、一九六三年以降、その作家が扱われている学術論文、研究書、そして博士論文の一覧表が手に入ることになるわけだ。

当然ながら、重要と見なされている作家ほど、そのリストは長いものとなっていく。二〇〇九年一〇月末現在、アメリカ文学ではおそらくヘンリー・ジェイムズ（六七八七件）、ウィリアム・フォークナー（六三五二件）、ハーマン・メルヴィル（五五四八件）が「御三家」ということになる。探偵小説の創始者エドガー・アラン・ポーは三九八二件で、日本ではその文体がハードボイルドとも呼ばれるアーネスト・ヘミングウェイは四一三三件であるが、このあたりも納得がいく数字だろう。アメリカ文学という枠を外していちばん研究されている作家は、考えるまでもなくウィリアム・シェイクスピアであり、三六五九五件。年に八〇〇もの論文が書かれるというのだから、まさに別格というしかない。

さて、そのデータベースで主だった探偵小説作家を検索してみると、どのような結果が出るだろうか。（歴史小説なども書いた）コナン・ドイルが突出しているのは不思議ではないが、ヒット数は一三一三件である。それに続くのはG・K・チェスタトンの七三一件だろうが、彼が評論家として有名だったことを思うと、これは参考記録というべきかもしれない。そこで「ミステリの女王」アガサ・クリスティを調べてみると――一七九件である。これが少ないと思われる前に急いで述べておけば、実はこれさえも「例外的」な数字なのである。例えばエラリー・クイーンは（E・S・ガードナーと同じく)一八件にとどまっているし、一世を風靡したはずのヴァン・ダインなどは、本名(ウィラード・ハンティントン・ライト)で検索しても一五件しか出てこないのだ。

こうした数字を見て、やはりアカデミズムでは探偵小説はまともに研究されていないと嘆いたり、憤ったりすることがここでの目的ではない。そうではなく、「ダシール・ハメット」で検索してみたときに、ヒット数が二一六件あることの意義を強調しておきたいのである。ハメットと並んでハードボイルドの「御三家」と称される残りの二人、レイモンド・チャンドラーが三一九件、ロス・マクドナルドが一一五件という数字を確認しておいてもいいし、ミッキー・スピレイン(二四件)やロバート・B・パーカー(四〇件)などを見ておいてもいいのだが、とにかく総じてハードボイルド作家はよく研究されているのである。

もっとも、ハメット達が「よく研究されている」といったところで、それはいわゆる「本格」の作家達との比較においてにすぎないではないか、と思われてしまうかもしれない。それは一面においてはその通りなのだが、それでもその「比較」は無意味ではないはずである。ハメットやチャンドラーが目指したことの一つは、パズル化が進む大戦間の「本格」探偵小説に対抗する作品を書くことだったのだから。単に「死体」を作り出すのではなく、もろもろの理由から殺人を犯す人々に、「殺人」をとり戻してやったのだという、チャンドラーのハメット評はあまりにも有名である。「本格もの」の殺人事件が本当にパズルにすぎないのかという点を論じる余裕はないが、そう断った上で銘記しておきたいのは、そもそもここで問題となっているのが単なる「殺人」ではないということである。ハードボイルド派の作家達は彼らの考える形での「リアリティ」を探偵小説に導入しようとした、というのがチャンドラーの主張であるはずだ。

先に出した数字は、そのようなハメット達の試みにはそれなりの成果があったことを実証するデータであるといっていい。今日のアカデミズムにおいてハメットがよく研究されているとすれば、それは彼の作品が（「本格もの」の傑作と比べて）探偵小説としての完成度が高いからというより、そこには当時のアメリカ社会の「現実」が鋭く描出され、また豊かに反映されていると、過去半世紀の批評家達が判断してきたからに他ならない。かくして現在、ある研究者はハメットの小説に二〇世紀前半のジェンダー観や資本主義のあり方を読みこんでいき、別の研究者は当時の労働意識や禁酒法の問題を読み解いていく、というわけである。

アメリカ文学研究というフィールドにおけるハメットの位置をさらに明確にするために、もう少し数字を出してみよう。例えばハメットと同時代に社会派的な小説を書き、その作品が文学として一定の評価を受けていたジェイムズ・T・ファレルやアースキン・コールドウェルはどちらも一七七件である。また、少し前の世代になるが、社会問題を扱った作家を代表する（九〇冊以上もの著作がある）アプトン・シンクレアは一八五件。つまり、ハメットはこういった作家達と同格（以上）に遇されているのだ。実際、アメリカ社会を（風刺的に）描いて一九三〇年――『マルタの鷹』が出版された年――にアメリカ人初のノーベル文学賞を受賞したシンクレア・ルイスでさえ五四七件にすぎないことを思えば、長編を五作しか書かなかったハメットの二一六というヒット数は、決して少ないとはいえないだろう。「社会」を描くことが「文学」の使命の一つであるとするなら、ハメットの作品がその条件を確実にクリアしていることについては、既に評価が定まっているのである。

リアリズム作家としてのハメット

しかしながら、ことはそれほど単純ではない。我々は歴史や社会の勉強のためにハメットを読む――しかも繰り返して読む――わけではないからだ。実際、今日では右にあげた「社会派」の作家達が一般読者には（そして次第に研究者にさえも）ほとんど顧みられなくなってきているのに対し、おそらくハメットはこれから一世紀先になってもまだ読まれていることだろう。これは彼の作品が特定の時代／場所の「現実」を見事に描き出していることと無関係ではないはずなのだが、その点を念頭に置きながら、当面の話の流れにおいては、ハメットが読まれる大きな理由を二つあげておきたい――彼がハードボイルド探偵小説という革新的ジャンルの起源と見なされていること、そして彼が作り出したキャラクターが、主役・脇役とを問わず、非常に魅力的であるということである。ハードボイルド小説について語るなら、ハメットを無視することなどできるはずがないし、そしてハメットを読んでしまえば、彼のキャラクターを忘れることなどほとんど不可能だろう。

　ただしというべきか、もちろん、この「二つ」の理由は互いから切り離せないものである。ハードボイルド小説が、プロットよりもキャラクターを重視するジャンルであるということは、今日においてはひとまず常識であるといっていいだろう。だが、そのように考えた上でポイントとなるのは、ハメットこそがその二つを連動させたのだという点である。つまり、ハードボイルド小説がキャラクターを重視するジャンルとなったのは、ハメットという一人の作家がそのような小説を書いたからなのだ。探偵小説に「現実」を回復しようとしたとき、ハメットは登場人物の一人一人を、いわば魅力的に描かざるを得なかったのであり、その「必然性」を引き受けたことが、時代を超えて読み継がれるためにはどうしても必要な文学的強度を、彼の小説に与えたのである。

　後年、一九五三年という「赤狩り」の時代に、ジョーゼフ・マッカーシー率いる上院小委員会に喚問されたハメットは、「社会問題に関して何らかのスタンスをとらずにものを書くことなど不可能です」と述べている。それがどのようなスタンスであったかをハメットが口にすることはなかったのだが（ほとんどの質問に対してハメットは合衆国憲法修正第五条に基づいた黙秘権を行使しているし、そもそも彼は自作に関して極めて寡黙な作家であった）、彼の小説の読者にとっては、それが例えば「共産主義者」のようなラベルを貼られてしまうものではなく、あくまでも「個人」をリアルに、つまりは魅力的に描くという「小説家」としてのスタンスであったことは明らかであるはずだ。

いうまでもなく、ハメットの作品に登場する「個人」は、ほとんどが「裏社会」に生きている。ダイナ・ブランドやジョエル・カイロといった印象に残る、愛すべき（と思えない読者もいるかもしれないが）「脇役」だけではなく、コンチネンタル・オプやサム・スペード、あるいはネド・ボーモンなどの「主人公」にしても同様である。彼らは誰一人として上品な共同体の道徳を遵守するような人物ではない。ボーモンが賭博師であることがわかりやすい例だろうが、「法律は自分で作れ」といってのけるオプは同僚から殺人を疑われることになるのだし、「金髪の悪魔」と呼ばれるスペードに対しては刑事や検事が常に目を光らせている。そういった人物達を魅力的に描くということは、すなわち「表社会」に対する批判的な視点を作品に導入するということに他ならない——それが「正義」の側に主人公がいることを必ずしも意味しないにしても、である。

このようにして、ハメットの作品における主人公は、自己と「社会」とのあいだに葛藤があることを意識する「個人」となる。そしてその種の葛藤を主題とする文学作品の典型は、いわゆる「リアリズム小説」と呼ばれるものである。その「社会」がしばしば主人公の「父」に代表されることを（ハメット作品では「父」による「子殺し」が特権的テーマとなっていること、そしてハメットは父親と不仲だったことを想起しつつ）付言しておいてもいいのだが、ともあれ優れたリアリズム文学においては多くの場合、「個人」を描くことと「社会」を描くことは同じコインの両面なのである。だとすれば、探偵小説に「現実」を回復することによってハードボイルド小説というジャンルを打ち立てたとされるハメットが、社会的現実をリアリスティックに描いたという理由で研究者に評価される一方で、魅力的な人物を造型したという理由で無数の読者に愛されても、いささかの矛盾もないということになるだろう。

文学者ハメット

このあたりで思い出しておきたいのは、ハメットはしばしば、「探偵小説」を書いたのではなく、探偵を主人公とする普通の小説（すなわちリアリズム小説）を書いたのだと「評価」されていることである。実際、ハメットの作家人生を一九二二年に活字となったいくつかの小品から一九六一年に死ぬ直前まで手元に置いていた未完の自伝的作品『チューリップ』に至るまでとするなら、彼が探偵小説を書いていた期間はその四分の一程度にすぎない。そもそも彼が書いた最初の探偵小説とされる作品(「帰路」)にしたところで、高級文芸誌『スマート・セット』に送ったものを編集者/文人H・L・メンケン(五八七件)がパルプ誌『ブラック・マスク』に回してしまったと考えられているのだし、結果的に最後の長編となった『影なき男』を執筆中の彼は、それが自分の書く最後の探偵小説となると手紙で繰り返し述べているのである。

このようなハメットが「文学」なるものに敬意を、あるいは憧憬を抱いていたことはおそらく間違いないだろうし、あるいはそうした意識が彼をさまざまな「文学者」と交流させたと考えることもできるかもしれない。そしてそうした「文学者」達も、ハメットの作品を高く評価してきた。例えば、長年パリで暮らしていたモダニズム文学の巨匠ガートルード・スタイン(一一四一件)がアメリカに一時帰国したとき、彼女が会ってみたいといった唯一の作家はハメットである。また、フォークナーはハメットの飲み友達であっただけではなく、自宅の書架には『マルタの鷹』と(自署名入りの)『影なき男』を収めていたのだし、ニューヨークでハメットに宿を提供していた異色作家ナサニエル・ウェスト(三六三件)は、彼に原稿を見せていたといわれている。こういった直接的な交友に加え、ヘミングウェイが『デイン家の呪い』に、そしてビート世代を代表するジャック・ケルアック(五四〇件)や今日の読書界において高い世評を得ているポール・オースター(三〇九件)がそれぞれ、作中で『マルタの鷹』に言及していることにも触れておいていいだろう。

しかしもちろん、ハメットと最も深い交流を持ったのは、長年の愛人となった劇作家リリアン・ヘルマン（一七一件）である。この二人の複雑な関係――決して『影なき男』のチャールズ夫妻のように円満なものではなかった――についてここで詳しく紹介することなどできないが、ハメットの存在なくして作家ヘルマンの仕事を考えることは難しい。彼女はデビュー時から一貫してハメットに原稿を見せ続け、彼が第二次大戦に従軍中のときでさえ助言を求めている。自分では小説が書けなくなったハメットにとって、ヘルマンの創作を手伝うのが一種の代償行為であったということはありそうだが、それにしても、いささか厭味なことをいえば、ハメットの死後、彼女は一つも戯曲を書いていないのである（ハメットとの関係を中心とした回想録は何冊も書いているのだが）。

文学界におけるこのようなハメットの影響ないし存在感といったものは、彼が「単なる」探偵小説家であったとすれば、説明が困難だろう。アンドレ・マルロー（英語圏の作家ではないが、一三〇一件）は、ハメットは自然主義作家シオドア・ドライサー（一一六八件）とヘミングウェイとを繋ぐ存在だと彼に語ったそうであるが、この指摘自体が慧眼と思えるということはもとより、実際そのようにハメットをアメリカの「純文学」の歴史に据えてしまった方が、今日におけるハメット評価としてはよほど得心しやすいように見えるのだ。

探偵小説家ハメット

だが、ハメット作品をこうしてリアリズム文学として、純文学の側に回収して「評価」するだけでは、やはり不十分であるといわねばならない。我々が読むハメットは、「リアリズム作家の一人」として他の誰かと置換することなど絶対に不可能な小説家のはずであり、そのハメットとはあくまで探偵小説を書いた存在としてのハメットなのだ。そしてこのハメットは、『影なき男』のあと、あれほど書くことを望んでいたはずの純文学を、書こうとしても書けなかった作家としてのハメットなのである。

ハメットがなぜ書けなくなったのかということについては、もちろんさまざまな推測がなされてきた。ベストセラー作家になり、ハリウッドに招聘され、金銭的な問題がなくなったこと。酒と女に溺れてしまったこと。かねてからの健康問題。そして第二次大戦への従軍と、赤狩りによる投獄。だが、こういった「外的要因」のためにハメットが書けなくなったと考え、そのことをひたすら惜しんでいるだけでは、あまり建設的な話にはならないだろう。そもそも「外的要因」のために小説が書けなかったというのは作家への侮辱に他ならないように思えるし、事実、そうした「外的要因」を「内的要因」の隠蔽であったと見なすことはいとも容易である——作家としての才能が枯渇したハメットは、その事実を自らの目から隠すために「外的要因」を作り出したのだ、というように。したがって、ここでは発想を逆転させてみたい。つまり、ハメットが書けなくなった理由自体について考えるよりもむしろ、意識しては「純文学」を書けなかったことが、我々の知るハメットという探偵小説家の文学的達成を理解する上で、いかにも相応しいのではないかと考えてみたいのである。彼の伝記を読み、手紙を読み、そして何より小説を読んで最も強く感じられることの一つは、ハメットという人間が、彼の生み出した探偵達と同様、極めて自意識的であったという点である。彼は自分が何をやっているのかということをよくわかっていた。わかりすぎるほどにわかっていた。

そのような人物が書く小説のモードが「アイロニー」となることは、ほとんど必然といっていい。これは単に、彼がリアリスティックに描いた社会に対して、皮肉な目を向けていたというだけのことではない。その「皮肉な目」それ自体に対しても、アイロニカルな視線を持ち続けていたということである。ここにおいて、彼が書いた作品が探偵小説であることの文学的意義が浮上する。既に示唆したように、近代リアリズム小説の主人公は、概して社会とのあいだに葛藤を抱く人物として設定される。だがハメットの場合に事情が複雑なのは、探偵である主人公には、事件を解決するというジャンル的な制約ないし宿命が負わされていることだ。

事件を解決するということは、探偵が結局は共同体に益する存在となってしまうということである。だから探偵小説はイデオロギー的に保守的なジャンルだと論じられることも多いのだが、ハードボイルド小説において前景化されるのは、探偵が「個人」としてどれほど「社会」に批判的な気持ちを抱いていても、その維持に貢献してしまわざるを得ないという皮肉である。『赤い収穫』の結末は、依頼主である共同体の「父」エリヒュー・ウィルソンを満足させるかもしれないが(象徴的なことに、彼はしばしばオプを「息子」と呼ぶ)、そのためにオプが払う精神的コストはあまりにも大きいといわねばならない。より正確にいえば、共同体の「父」を満足させてしまうことこそが、主人公がハードボイルド探偵として生き抜くときに払わねばならない犠牲の一部なのである。

守るべき価値があるかどうかも定かではないもののために、ハメットの主人公達は戦い、いわばいやいや仕方なく勝つことになる。スペードやボーモンのタフな振る舞いは、できることなら自意識をかなぐり捨て、何かを信じることで敗れてしまいたいというロマンティックな願望を抑圧しようとしてのものなのだ。だがもちろん、彼ら(の自意識)は勝利し、その勝利は苦い後味を残すことになる。その「後味」にこそハメットの——探偵小説とリアリズム文学の出会いによって生まれた——強靭な独自性があり、そこにハードボイルド小説の文学的可能性が拓かれた。例えばチャンドラーが「ポスト・ハメット」の作家である理由の一つは、この苦い「後味」をシニカルな探偵にあらかじめ内面化させておき、フィリップ・マーロウの「幻滅」を「叙情」へと変換するのに成功したことだろう。

しかしハメットは、この「叙情」を自らに禁じた。そうするにはあまりにも自意識が強かったのだ。ハメット作品の結末が、事件が解決しても何かが「片づいていない」ように思われてしまうのはそのためである。そしてさらにいえば、この「片づかなさ」が探偵小説という「片づける」ことを強要する「形式」に依拠するという逆説を体現するのが、ハメットという自意識の優れて強い作家のキャリアなのだ。彼は探偵小説を書いている自分を軽蔑していた——少なくとも皮肉な目で眺めていた。だが、それは彼が探偵小説というジャンルを、彼なりのやり方で愛していたことを否定するものではない。新たなジャンルを開拓する人物とは概してそのような複雑な自意識（あるいは美意識）の持ち主であるはずだし、繰り返していえば、そもそも彼は何をしていても、そうする自分を皮肉な目で眺めるような人間だったのだ。

自意識の強い人間は、皮肉を発揮する場を必要とする。そこで発揮される皮肉が、本質的には自分自身に向けられるものであり、結局は自分を「片づかない世界」において無限に追い詰めることになるかもしれないにしても、である。探偵小説という「形式」は、ハメットにとってはそのような「場」であった。だから彼は同じような小説を二度と書かなかったのだし、作品は『マルタの鷹』を境に探偵小説的なドラマ性を失っていくことになり、そして「場」を捨てたあとは書けなくなった。彼の主人公には「探偵」という役割が必要であったように、彼には「探偵小説家」という「仮面」が必要だったのだ。こうして書けないまま死んでいくという「アンチ・クライマックス」は、ハードボイルド作家ハメットにとって、この上もなく相応しいように思える。人生とはそういうものだと、彼は思っていたに違いない。

だから我々は、ハメットが探偵小説を捨て、書けなくなったことを嘆くことはできない。彼が「作家」として最後に書いたと推定される文章は、「疲れたのなら休むべきだと思うし、色つきのシャボン玉で自分自身と客を騙そうとするべきではない」（『チューリップ』）というものである。自意識に疲れた彼が、休むことができたかどうかは誰にもわからない。しかしハメットの読者は、彼が騙さなかった――騙せなかった――ことを知っている。探偵小説がこの優れた小説家にとっての避難所となったことを、我々は僥倖として喜ぶべきなのである。

Ⅳ　ノワール文学年表

以下のリストは、原則として本文中において言及した作品を発表年順に並べたものである（ただし、出版月に関しては配慮せず、同年の場合は作者名のアルファベット順とした）。「利用上の注意」として四点ほど記しておきたい。

（1）本文中で言及した作品はすべて載せているので、「ノワール」とは呼びがたい作品も含まれている。時代背景を理解する一助になれば幸いである。

（2）本書がほとんど論じていない戦後ノワールに関してはもとより、本書が主に扱っている初期ノワールに関しても網羅的なリストにはなっていないが、いくつかの重要な小説に関しては、本文中で言及していないものも載せておいた。

（3）参考のため、未訳の作品を中心に、いくつかの小説について簡単なコメントを付すこととした。多少の「ネタバレ」を含むのでご注意いただきたいが、「ノワール」はそもそも、「結果」がわかっていても、そこから逃れられないというところがポイントなので、あまり不都合はないかもしれない。

（4）映画に関しては監督名とタイトルを示して字下げし、【映】と表示した。

1893

スティーヴン・クレイン『街の女マギー』
Stephen Crane, *Maggie: A Girl of the Streets*

1899

フランク・ノリス『マクティーグ』 Frank Norris, *McTeague*

1900

シオドア・ドライサー『シスター・キャリー』 Theodore Dreiser, *Sister Carrie*

1919

ハリー・レオン・ウィルソン『活動写真のマートン』
Harry Leon Wilson, *Merton of the Movies*
初の「映画小説」といわれる作品。主人公は大根役者で、シリアスな演技をしているつもりなのだが、字幕によって滑稽な印象が生み出されて（サイレント映画の時代である）喜劇俳優として成功する。「マートン」という名は、「笑わない男」バスター・キートンのもじりだと思われる。

1922

F・スコット・フィッツジェラルド『美しく呪われた人びと』
F. Scott Fitzgerald, *The Beautiful and Damned*

	ダシール・ハメット「帰路」 Dashiell Hammett, "The Road Home" ハメットが書いた最初の探偵小説とされる作品。「ピーター・コリンソン（Peter Collinson）」名義で発表された。
1925	シオドア・ドライサー『アメリカの悲劇』 Theodore Dreiser, *An American Tragedy* F・スコット・フィッツジェラルド『グレート・ギャッツビー』 F. Scott Fitzgerald, *The Great Gatsby*
1927	チャールズ・フランシス・コウ『おれはギャングだ』 Charles Francis Coe, *Me – Gangster* ダシール・ハメット「でぶの大女」 Dashiell Hammett, "The Big Knockover" アーネスト・ヘミングウェイ「殺し屋」 Ernest Hemingway, "The Killers" 【映】アラン・クロスランド『ジャズ・シンガー』 *The Jazz Singer*
1929	W・R・バーネット『リトル・シーザー』 W. R. Burnett, *Little Caesar*

1930

アースキン・コールドウェル『バスタード』 Erskine Caldwell, *The Bastard*
コールドウェルの第一長編。作品舞台は、弱々しい男性と「汚い（dirty）」ファム・ファタール的な女性ばかりが登場する、いかにも「現代的」な世界である。主人公ジーンは唯一の「男らしい」人物で、唯一の「きれいな（clean）」女性マイラと結ばれるのだが、彼らの子供は障碍を抱えて生まれてくることになり（これも「不毛な現代社会」の象徴なのだろうが、あまりに通俗的というべきだろう）、ジーンはその子供を殺してしまう。

ダシール・ハメット『赤い収穫』 Dashiell Hammett, *Red Harvest*

ダシール・ハメット『デイン家の呪い』 Dashiell Hammett, *The Dain Curse*

アースキン・コールドウェル『愚かな道化』 Erskine Caldwell, *Poor Fool*
主人公ブロンディが女性達と出会っていくというエピソディックな作品だが、とりわけ強烈な印象を与えるのは夫を去勢し、ブロンディのことも去勢しようとするミセス・ボックスという女性。彼女が所有する堕胎所は、当時の「男性不安」をデフォルメしたような悪夢的世界である。

ダシール・ハメット「フェアウェルの殺人」
Dashiell Hammett, "The Farewell Murder"

1931

ダシール・ハメット『マルタの鷹』 Dashiell Hammett, *The Maltese Falcon*

ウィリアム・フォークナー「乾燥の九月」 William Faulkner, "Dry September"

ウィリアム・フォークナー『サンクチュアリ』 William Faulkner, *Sanctuary*

性的不能のギャングがトウモロコシの穂軸で処女を強姦する――フォークナーが「想像し得る限りで最も恐ろしい」と呼んだ小説であり、実際、作者のキャリアの中でもこれほど救いのない作品はないだろう。

ダシール・ハメット『ガラスの鍵』 Dashiell Hammett, *The Glass Key*

▼本書一二三頁

ラウル・ホイットフィールド『ハリウッド・ボウルの殺人』
Raoul Whitfield, *Death in a Bowl*

最初期のハードボイルド作家であり、ハメットとも親交があったホイットフィールドの代表作の一つ。最初期のハリウッド小説でもある。探偵の助手は裏切り者

[redacted]

で、秘書も殺されてしまうというのはかなり珍しいケースだといってよく、秘書も助手も大活躍するペリー・メイスン・シリーズとは好対照である。

P・J・ウルフソン『肉体は塵だ』 *P. J. Wolfson, Bodies Are Dust*

ストーリーらしいストーリーがない作品。悪徳警官バックの変化が緩やかな縦糸をなすが、因果応報性が前景化されるわけでもないし、何よりバックが部下を殺すことに関して逡巡も後悔もしないというように、ノワール小説によくある心理的葛藤や自己認識が主題にはなっていない。そういった葛藤／認識を作品が欠いていることは、主人公が自己の経験ないし人生を統括する視点を持ち得ていないということでもあり、だからこの小説は読者を突き放すような印象を与えるが、それはいかにも三〇年代小説に相応しい印象でもある。「中心」を持たない世界で翻弄される主人公を描くために、因果応報という道徳的核さえも作品に与えない道を作者は選択したのだろう。

【映】マーヴィン・ルロイ『犯罪王リコ』 *Little Caesar*

【映】ウィリアム・A・ウェルマン『民衆の敵』 *The Public Enemy*

【映】ジェイムズ・ホエール『フランケンシュタイン』*Frankenstein*

1932

アースキン・コールドウェル『タバコ・ロード』Erskine Caldwell, *Tobacco Road*

【映】ハワード・ホークス『暗黒街の顔役』*Scarface*

1933

アースキン・コールドウェル『神の小さな土地』
Erskine Caldwell, *God's Little Acre*

E・S・ガードナー『ビロードの爪』
Erle Stanley Gardner, *The Case of the Velvet Claws* ▼本書九五頁

E・S・ガードナー『怒りっぽい女』
Erle Stanley Gardner, *The Case of the Sulky Girl*

ダシール・ハメット『闇の中から来た女』
Dashiell Hammett, *Woman in the Dark*

ナサニエル・ウェスト『ミス・ロンリーハーツ（孤独な娘）』
Nathanael West, *Miss Lonelyhearts*

新聞の人生相談コラムの担当者が「キリスト・コンプレックス」にかかって苦悩する物語。ウェストはあまり「ノワール」という文脈で論じられない作家だが、本作にしても、『いなごの日』にしても、ノワール色の強い小説である。

【映】メリアン・C・クーパー、アーネスト・B・シェードザック『キングコング』*King Kong*

1934

ベンジャミン・アッペル『ブレイン・ガイ』Benjamin Appel, *Brain Guy*

ギャングとなった主人公が罰されずに終わる「異色作」だが、それだけになおさら、ノワールとして効果的なエンディングになっている。ビルはギャングとしては順調に上昇するのだが、自分が「切れ者 (brain guy)」などではないと知っているし、周囲の人間も信頼できないし、さらには純粋な弟までも犯罪に巻きこんでしまうことになるというように、どうしようもない虚しさを抱え続ける。ギャングとしての出世は、彼が望むところではまったくないし、彼は実力でのし上がっていくわけでもなく、それだけに彼の人生はまことに空虚なものになっている。

ジェイムズ・M・ケイン『郵便配達は二度ベルを鳴らす』

[redacted]

James M. Cain, *The Postman Always Rings Twice* ▼本書一五頁

F・スコット・フィッツジェラルド『夜はやさし』

F. Scott Fitzgerald, *Tender Is the Night*

大金持ちの美人患者と結婚した精神科医ディックはゆっくりと破滅していく。「彼はどうして破滅したのか」という優れてノワール的な「問い」は、いまだ鮮度を失っていない謎である。

E・S・ガードナー『奇妙な花嫁』

Erle Stanley Gardner, *The Case of the Curious Bride*

E・S・ガードナー『吠える犬』

Erle Stanley Gardner, *The Case of the Howling Dog*

ダシール・ハメット『影なき男』

Dashiell Hammett, *The Thin Man*

ジョン・オハラ『サマーラの町で会おう』

John O'Hara, *Appointment in Samarra*

オハラは本文では紹介できなかったが、いかにも三〇年代的な作家で、当時はよ

く読まれていた。本書は彼の第一長編で、主人公が（はっきりしない理由で）自殺のような死を遂げるまでの三日間をドライな筆致で描く、何とも荒涼とした作品。

【映】フランク・キャプラ『或る夜の出来事』*It Happened One Night*

1935

エドワード・アンダソン『飢えた男たち』Edward Anderson, *Hungry Men*

アンダソンの第一長編。主人公のエイセルは、恐慌時代に多く見られたいわゆる「ホーボー」（作者自身もそうした経歴を持つ）。ミュージシャンとしての職を失って以来、仕事があれば（日給一ドル弱しかもらえずに）働き、なければ物乞いをし、いつかは再び音楽の道を……とニューヨーク、ニューオーリンズ、そしてシカゴへと大都市を渡り歩く。数頁しかない章が積み重ねられるという形式は意図的だろう。安定して続く生活＝物語を持ち得ないことが、当時の労働者の苦境だったのだから。

ウィリアム・フォークナー『標識塔〈パイロン〉』William Faulkner, *Pylon*

E・S・ガードナー『門番の飼猫』Erle Stanley Gardner, *The Case of the Caretaker's Cat*

E・S・ガードナー『義眼殺人事件』

Erle Stanley Gardner, *The Case of the Counterfeit Eye*

ホレス・マッコイ『彼らは廃馬を撃つ』

Horace McCoy, *They Shoot Horses, Don't They?* ▼本書一八頁

ジョン・スタインベック『おけら部落』 John Steinbeck, *Tortilla Flat*

【映】ウィリアム・キーリー『Gメン』 *G Men*

1936

ジェイムズ・M・ケイン『殺人保険』 James M. Cain, *Double Indemnity*（単行本としての出版は１９４３年） ▼本書五六頁

ウィリアム・フォークナー『アブサロム、アブサロム！』

William Faulkner, *Absalom, Absalom!*

E・S・ガードナー『どもりの主教』

Erle Stanley Gardner, *The Case of the Stuttering Bishop*

【映】ウィリアム・キーリー『弾丸か投票か』 *Bullets or Ballots*

1937

エドワード・アンダソン『俺たちと同じ泥棒』

Edward Anderson, *Thieves like Us*

「ボニー・アンド・クライドもの」の初期作品。主人公ボウイは進んで殺人を犯したことはなく（刑務所に入る原因となった殺人も、情状酌量の余地がある印象を与える）、ツイていなかったために犯罪の道に入ってしまったという感じがする。彼が加わる銀行強盗の一味は、金持ち以外からは金をとらないというこだわりがあり、強盗をしても人殺しはしない。ボウイも恋人キーチもいわゆる「悪人」ではなく（とりわけキーチはほとんど何もしていない）、この点がおそらく『俺たちに明日はない』との最大の相違だろう。小説では、彼らの「敵」（俺達と同じ泥棒）がひとまずは金持ち連中という形で感じられ、社会批判的なトーンが強いものとなっている。

E・S・ガードナー『危険な未亡人』

Erle Stanley Gardner, *The Case of the Dangerous Dowager*

E・S・ガードナー『カナリヤの爪』

1938

Erle Stanley Gardner, *The Case of the Lame Canary*

【映】フリッツ・ラング『暗黒街の弾痕』 *You Only Live Once*

Erle Stanley Gardner, *The Case of the Substitute Face*

E・S・ガードナー『すり替えられた顔』

スターになることを夢見てハリウッドにやってきた無垢な若者が、ファム・ファタール的な金持ちの未亡人などとの関わりを通して厳しい「現実」に目覚めて打ちのめされていくという(よくある)話。『彼らは廃馬を撃つ』に似ているともいえるが、主人公のそばに彼を心配する「母」的な女性が配されていることもあり(彼女もまた「現実」にうちのめされるのだが)、凡作という印象は否めない。

Horace McCoy, *I Should Have Stayed Home*

ホレス・マッコイ『故郷《くに》にいればよかった』

Eric Knight, *You Play the Black and the Red Comes Up*

エリック・ナイト『黒に賭けると赤が出る』

プロットの構築がうまいとはいえないし、キャラクターに深みもあまりなく、さ

[redacted]

らにはストーリーも行き当たりばったりという感じなのだが、「この世界はどこかおかしい」という印象が強く残る、奇妙な味を持つ作品。狂言強盗に巻きこまれ、手に入れた金を失えず、最後には自分の罪さえも証明できず……というように、不条理小説めいたところもある興味深い三〇年代ノワール。それにしても、この作家が『名犬ラッシー』の作者だというのは不思議な事実である。

ジョン・オハラ『天の希望』 *John O'Hara, Hope of Heaven*

ジェイムズ・マロイはまずまずの成功を果たしているシナリオライターで、若いショップ店員ペギーと婚約する。だが、旅行小切手を着服した同郷の男があらわれてジェイムズを頼り、その男を追う探偵として、長年会っていなかったペギーの父親フィリップが登場し、ペギーが愛する弟（つまり自分の息子）を事故で撃ち殺してしまう。もちろんジェイムズはペギーを支えようとするのだが、彼女は彼が父と弟の両方を思い出させるとして、二人の関係を清算しようとするところで物語は終わる。

【映】ハワード・ホークス『赤ちゃん教育』 *Bringing Up Baby*

1939

レイモンド・チャンドラー『大いなる眠り』 Raymond Chandler, *The Big Sleep*

ウィリアム・フォークナー『エルサレムよ、我もし汝を忘れなば（野性の棕櫚）』 William Faulkner, *If I Forget Thee, Jerusalem [The Wild Palms]*

二つの物語が交互に語られる「ダブル・ノヴェル」。とりわけ「野性の棕櫚」パートは愛しあう男女の逃避行といったノワーリッシュな仕立てになっている。「売れない作家」だったフォークナーの作品の中で、『サンクチュアリ』と本書というノワール色の特に強い作品だけがよく売れたというのは偶然ではないのだろう。

ジョン・スタインベック『怒りの葡萄』 John Steinbeck, *The Grapes of Wrath*

ナサニエル・ウェスト『いなごの日』 Nathanael West, *The Day of the Locust*

1940

W・R・バーネット『ハイ・シエラ』 W. R. Burnett, *High Sierra*

アースキン・コールドウェル『七月の騒動』 Erskine Caldwell, *Trouble in July*

レイモンド・チャンドラー『さらば愛しき女よ』 Raymond Chandler, *Farewell, My Lovely*

ウィリアム・フォークナー『村』 William Faulkner, *The Hamlet*

1941

リチャード・ライト『アメリカの息子』 *Richard Wright, Native Son*

【映】ハワード・ホークス『ヒズ・ガール・フライデー』 *His Girl Friday*

ジェイムズ・M・ケイン『ミルドレッド・ピアース』

James M. Cain, Mildred Pierce

ケインが「ファム・ファタール小説」を書くのはいつものことだが、本作においては悪女の犠牲者は「母」であり、それが独特のペーソスを与えている。失業した夫を離縁したミルドレッドは、娘ヴェーダのためにレストランを開いて成功を収める。娘は母の愛を貪欲に食べ続けながらも、母に感謝するどころか軽蔑さえするのだが、それでも——あるいは、だからこそ——ミルドレッドの愛は衰えない。身を粉にして働かねばならない女性を軽蔑できるような女性にこそ、娘になってもらいたいのだ。ミルドレッドのあまりにも虚しい献身が醸し出す哀感は、彼女の深い自己嫌悪に出来しているのである。

F・スコット・フィッツジェラルド『ラスト・タイクーン』（未完）

F. Scott Fitzgerald, Last Tycoon

バッド・シュールバーグ『何がサミイを走らせるのか?』

Budd Schulberg, *What Makes Sammy Run?*

【映】ジョン・ヒューストン『マルタの鷹』 *The Maltese Falcon* ①

1942

レイモンド・チャンドラー『高い窓』 Raymond Chandler, *The High Window*

ジェイムズ・ガン『男より怖い』 James Gunn, *Deadlier than the Male*

多重視点の作品で、物語は基本的にサムというエゴマニアックな狂人を中心に据え、その周りの人々を描くという感じかと思わせるのだが、最後の方になるとサムはむしろ後景に退き、ヘレンというヒロインが実はサムと同じくらいグロテスクな人間であるとわかってくる仕掛けになっている。本文中では紹介できなかったが、初期ノワールの重要作で、哲学者ジル・ドゥルーズが激賞したことでも知られている。

ウィリアム・アイリッシュ(コーネル・ウールリッチ)『幻の女』
William Irish (Cornell Woolrich), *Phantom Lady*
【映】フランク・タトル『拳銃貸します』 *This Gun for Hire* ⑥

1943

レイモンド・チャンドラー『湖中の女』
Raymond Chandler, *The Lady in the Lake*

1944

【映】エドワード・ドミトリク『ブロンドの殺人者』*Murder, My Sweet* ②
【映】フリッツ・ラング『飾窓の女』*The Woman in the Window* ③
【映】オットー・プレミンジャー『ローラ殺人事件』*Laura* ④
【映】ロバート・シオドマク『幻の女』*Phantom Lady*
【映】ビリー・ワイルダー『深夜の告白』*Double Indemnity* ⑤

▼本書五六頁

1945

チェスター・ハイムズ『喚きだしたら放してやれ』
Chester Himes, *If He Hollers Let Him Go*

ハイムズの第一長編で、黒人であることの痛みが綴られた物語。何をしていても差別を絶えず意識させられるというのがいったいどのようなことか、本書ほど執拗に書かれた小説も珍しいだろう。主人公が感じる抑圧は、人種的なものだという説明が与えられるので（主人公に自覚されているので）、ノワールとしての強度は落ちそうにも思えるのだが、そのような「説明」があっても、それをどうすることもできない点についてはまったく変わらない。こうした作品から読むことでノワール小説の社会的意義（社会批評性）がよくわかるともいえるだろう。

1946

デイヴィッド・グーディス『暗い道』 David Goodis, *Dark Passage*

ウィリアム・リンゼイ・グレシャム『悪夢小路』 William Lindsay Gresham, *Nightmare Alley*

野心的なマジシャンが不正な手段で上り詰めるが、やがて「ギーク」（鶏の首を噛み切ったりするようなグロテスクなことをする見世物師）に堕ちていく。見世物小屋という舞台、タロットを使った章立てといった設定を含め、ノワール色が極めて濃厚な作品である。トラウマを抱えた主人公という設定自体は凡庸に思えるが、それを作中における最大の詐欺師（精神科医）が言語化し、ぬけぬけと利用してしまうところなど、作者のしたたかさがよくあらわれている。

ジェフリー・ホームズ『絞首台を高くあげろ』

Geoffrey Homes, *Build My Gallows High*

映画『過去を逃れて』の原作。ファム・ファタールに溺れて「夢」を見て、殺人を犯してしまった——その苦い過去をようやく忘れて「未来」を向こうと決意した矢先に、その「過去」をネタにはめられるという物語の枠組みはすばらしい。人生をやり直そうとして失敗するというのは「宿命」を扱うノワール小説にいかにも相応しいだろう。ただしそこからの展開はだるく、サスペンス性があまり感じられなくなってしまうのが残念。

【映】テイ・ガーネット『郵便配達は二度ベルを鳴らす』 *The Postman Always Rings Twice*

【映】ハワード・ホークス『三つ数えろ』 *The Big Sleep* ⑦

【映】ロバート・シオドマク『殺人者』 *The Killers* ⑧

【映】チャールズ・ヴィダー『ギルダ』 *Gilda* ⑨

1947

ドロシー・B・ヒューズ『孤独な場所で』 Dorothy B. Hughes, *In a Lonely Place*

	ウィリアム・アイリッシュ（コーネル・ウールリッチ）『暗闇へのワルツ』 William Irish (Cornell Woolrich), *Waltz into Darkness* 【映】デルマー・デイヴィス『潜行者』 *Dark Passage* 【映】ロバート・モンゴメリー『湖中の女』 *Lady in the Lake* ⑩ 【映】ジャック・ターナー『過去を逃れて』 *Out of the Past*
1948	ホレス・マッコイ『明日に別れの接吻を』 Horace McCoy, *Kiss Tomorrow Goodbye* 【映】ニコラス・レイ『夜の人々』 *They Live by Night* 【映】オーソン・ウェルズ『上海から来た女』 *The Lady from Shanghai*
1949	W・R・バーネット『アスファルト・ジャングル』 W. R. Burnett, *The Asphalt Jungle* レイモンド・チャンドラー『かわいい女』 Raymond Chandler, *The Little Sister* 【映】ラオール・ウォルシュ『白熱』 *White Heat*

1950

【映】ジョン・ヒューストン『アスファルト・ジャングル』 *The Asphalt Jungle*

【映】ニコラス・レイ『孤独な場所で』 *In a Lonely Place*

1951

デイヴィッド・グーディス『キャシディの女』 David Goodis, *Cassidy's Girl*

グーディスのミリオンセラーとして有名な小説。途中で起こるバスの事故あたりまでのノワール色は見事なものだし、一気に読まされてしまう。キャシディが重い過去（彼は飛行機のパイロットだったが、副操縦士の乱心で起きた大事故のためにクビになった）を抱え、不当に奪われてしまった人生をとり戻したいと願い、それがかなわないのでミルドレッドというファム・ファタールと結婚し、代償的にバスのハンドルを握るだけではなく、ほとんど自罰的に暮らしているというのは説得的な設定だし、ドリスというトラウマを抱えたアル中女性を救うことで自分自身を救おうとしているのもよくわかる。ドリスが「更生不可能」であることが、彼自身の甘い期待を打ち砕くわけだが、最終的にその事実に向かいあわされ、涙をこらえて虚しさをかみしめるキャシディの姿には、「救いのなさ」を正視しているがゆえのカタルシスが感じられる。

1952

ミッキー・スピレイン『燃える接吻』 Mickey Spillane, *Kiss Me, Deadly*

ジム・トンプソン『おれの中の殺し屋』 Jim Thompson, *The Killer inside Me*

1953

レイモンド・チャンドラー『長いお別れ』

Raymond Chandler, *The Long Goodbye*

ウィリアム・P・マッギヴァーン『ビッグ・ヒート』

William P. McGivern, *The Big Heat*

【映】フリッツ・ラング『復讐は俺に任せろ』 *The Big Heat*

1954

デイヴィド・グーディス『狼は天使の匂い』 David Goodis, *Black Friday*

ジム・トンプソン『死ぬほどいい女』 Jim Thompson, *A Hell of a Woman*

1955

チャールズ・ウィルフォード『ピックアップ』 Charles Willeford, *Pick-Up*

元画家志望のハリーが働くカフェに、酔っぱらいの美女ヘレンがやってくる。二人はたちまち恋に落ちるが、たちまち生活が行き詰まる。心中を試みるも失敗し、精神科に行くがどうにもならず、ヘレンがアル中のために彼はろくに働きにも出られない。やはり死ぬしかないと考え、ヘレンの首を絞めてガス栓をひねるが、またも自殺に失敗し、彼は投獄される。だが、実はヘレンは心臓発作で死んでいたことがわかり、彼は釈放される。ヘレンの死は小説の三分の二あたりで起こり、あとは刑務所や精神病院でハリーが死を待つところが中心となる物語であり、前半にしてもヘレンに引きずられるようにして心中／自殺へと流れていくので、盛りあがりに欠けるところがあるように思えるかもしれない。だが、最後から二行目になって判明する事実が読者を不意打ちする。再読を要求する作品である。

【映】ロバート・アルドリッチ『キッスで殺せ』 *Kiss Me Deadly*

1956

デイヴィド・グーディス『ピアニストを撃て』

David Goodis, *Down There [Shoot the Piano Player]*

1957

ジム・トンプソン『キル・オフ』 Jim Thompson, *Kill-Off*

「誰」が殺したのか（殺すのか）という「謎」が話の縦糸となっている点においてトンプソンの作品では異色でもあり、本文中では触れていないが紹介しておく。

ただし、物語の関心はむしろ、殺人を犯してもおかしくない状況に置かれているそれぞれの人物達の心理／緊張にあるといってよく、その意味においてはノワール的な作品である。一線を踏み越える人間と踏み越えない人間の差はまさに紙一重であることが、作品の形式（十二章からなり、毎章語り手が変わる）によって表現されている。

1958

レイモンド・チャンドラー『プレイバック』 Raymond Chandler, *Playback*

【映】オーソン・ウェルズ『黒い罠』 *Touch of Evil*

1959

レイモンド・チャンドラー『プードル・スプリングス物語』 Raymond Chandler, *Poodle Springs*（未完／ロバート・B・パーカーが書き継いで1989年に出版）

1961

ローレンス・ブロック『モナ』 Lawrence Block, *Mona*

ブロックが書いた最初の小説とされている。気楽に生きていた男がファム・ファタールに出会って殺人を犯すという筋立てはノワール小説の定型といっていいだろうし（例えば『郵便配達は二度ベルを鳴らす』）、結局女に騙されていたことが判明するのもしかりである（例えば『殺人保険』）。そして、騙されていたことに気づいた男が「復讐」を果たすというのもよくあるだろう（例えば『マルタの鷹』）。だが、その「復讐」が女を麻薬中毒にして一緒に暮らすという形をとるというのは、それが「成功」するだけにあまりにも虚しく、この「虚しさ」が本作のキモとなる。

1966	ダシール・ハメット『チューリップ』 Dashiell Hammett, "Tulip"（未完）
1967	【映】アーサー・ペン『俺たちに明日はない』 *Bonnie and Clyde*
1973	【映】ロバート・アルトマン『ロング・グッドバイ』 *The Long Goodbye*
1976	【映】マーティン・スコセッシ『タクシードライバー』 *Taxi Driver*
1981	【映】ボブ・ラフェルソン『郵便配達は二度ベルを鳴らす』 *The Postman Always Rings Twice*

あとがき

いつからノワールに惹かれるようになったのか、正確な記憶はない。『郵便配達は二度ベルを鳴らす』も『ガラスの鍵』も十代の頃に読んでいたのだが、あまり面白いとは感じていなかったと思う。高校から大学にかけては、レイモンド・チャンドラーやローレンス・ブロック、ロバート・B・パーカーといった作家達の「シリーズもの」をよく読んでいた。たぶん、子供の頃にコナン・ドイルやアガサ・クリスティを読んでいたのと同じような感覚で、ハードボイルド・ヒーロー達の冒険を楽しんでいたのだろう。

ただし、こうして「シリーズもの」を次々と読んでいくかたわら、初読ではピンとこなかったケインやハメットの小説は数年おきに読み返すことになったし、そうしているうちに次第に面白さを実感するようになっていった。破滅への道を突き進むノワール小説の主人公が、仮に人生をやり直せたとしても同じ道を進んだであろうと信じさせるという点において、ほとんど倫理的な存在だと思うようになったのだ。

結局のところ、少なくとも私にとっては、ノワール小説のすがすがしくも暗い魅力が腑に落ちるようになるためには一定の人生経験が必要だったのだろう。だが、それと同じくらい必要だったのは、一定の読書経験だったはずである。実際、同一人物が複数の作品に登場すること――あるいは、登場できなくなってしまうこと――の

「意味」を考えるようになったのは、フォークナーを通してだったのだから。

二十代前半の私は、やり直しのきかない人生などないと信じていた。いまだにそう思っているといってもいい。しかし、それを含めて人生は一度きりだということを教えてくれたのはフォークナーであり、そしてノワール作家達だった。そういった「教え」に身を浸していた時期は、二十代の終わりから三十代の前半にかけてということになるのだが、それがアメリカの大学院に留学していたときでもあるのはきっと偶然ではないのだろう。暇を見つけては田舎町の古本屋をめぐり、誰からも顧みられずに捨て値で売られている薄汚れたペイパーバックを買い集めていたのは、留学生の気分転換と呼ぶにはいささか常軌を逸した、ある種の代償行為だったように思う。

本書はこれまでに私が発表した「ノワール論」の中から主な文章を選んでまとめたものである。アメリカでジム・トンプソンやチャールズ・ウィルフォードを手当たり次第に読み始めた頃の私は、まだ「ノワール」という言葉もよく知らなかったし、ましてやこのような本を十数年後に出すことになるとは夢想もしていなかった――古い犯罪小説を読む人間など、私の周囲には誰もいなかったのだから。こうして「あとがき」を書き始めながらも、一冊の書物になったことが信じがたいほどである。ここに至るまでにはいくつもの幸運が重なり、さまざまな方から助力をいただいた。以下、それぞれの文章に関して発表順に振り返っておく。

ファム・ファタール事件簿――ハードボイルド探偵小説の詩学（二〇〇四）

この論考がなければ『「マルタの鷹」講義』（二〇一二）もあり得ず、異なる人生を歩んでいたことだろう。本書の中では突出して固い文章になっているが、それは初出が日本アメリカ文学会の英文機関誌（*The Journal of the American Literature Society of Japan*）に掲載された英語論文（"The Case of the Femme Fatale: A Poetics of Hardboiled Detective Fiction"）だったためである。留学中に投稿したもので、フォークナーを扱った博士論文の一部でもある（当時の女性表象を概観するため、フォークナーの同時代作家を十人ほど論じる章を設けた）。とにかくハメットが面白すぎたので博士論文にもぐりこませたという感じで書き、勢い余って論を独立させて学術誌にまで投稿してしまったのだが、そうした媒体で「大衆小説」を正面切って論じるというのはかなり珍しかったようである。自分の書いたものでも英語を日本語に翻訳するのは骨が折れるが、萩埜亮氏が優れた下訳を作ってくれたおかげでずいぶん楽になった。記して感謝したい。

ハメットと文学（二〇〇九）

『Web英語青年』で「『マルタの鷹』講義」の連載が二〇〇九年四月に始まって数ヶ月後、研究社に小鷹信光氏からファックスが届き、まもなく『ハヤカワミステリマガジン』の企画で対談をおこなうことになった。対談当日、当時の編集長、小塚麻衣子氏からハメットについて何か書いてくれと依頼され、緊張して書いたものがこれである（対談と同じく二〇一〇年一月号に掲載された）。「緊張した」というのは、いわゆる商業誌――しかもミステリ専門誌――に載せるはじめての原稿であったからだが、とにかく何を書くにしても「アメリカ文学の研究者」として書くというスタンスは、このときから現在まで変わっていないつもりでいる。

『ガラスの鍵』――ノワールの先駆（二〇一〇）

初出は光文社古典新訳文庫『ガラスの鍵』（池田真紀子訳）の解説。文庫解説もこれがはじめてだった。編集担当の堀内健史氏からは、分量についてはあまり気にせず、ハードボイルド小説に関する基本的解説を含めてほしいといわれていた。「『マルタの鷹』講義」の連載を続けながら、ハメットの他の作品についてもいろいろと考えていた時期であり、『ガラスの鍵』という「わかりにくい」小説について考える機会を与えていただけたのはありがたかった。「ノワール」について、自分が論じるべき「ジャンル」として真剣に考えるようになったのは、あるいはこの頃からかもしれない。

成長する作家――「『マルタの鷹』講義」補講（二〇一一）

『ハヤカワミステリマガジン』のハメット没後五〇年特集（二〇一一年八月号）に掲載。「『マルタの鷹』講義」の連載を終えたばかりというタイミングで、あらためてハメットのキャリアを総括する幸運に恵まれたわけである。「作家の成長」は私が繰り返し問題としてきた主題の一つだが、これはおそらく「小説」という芸術形式への関心を刺激してくれる作家に惹かれるためなのだろう。『マルタの鷹』について考えることはそのまま「ハードボイルド探偵小説」について考えることでもあったが、ハメットについてもっと考えてみたいというのは、ノワールについて（そしてウェスタンやゴシックについても）もっと考えてみたいということでもある。

ノワール小説の可能性、あるいはフィルム・ノワール（二〇一三）

初出は野崎歓編『文学と映画のあいだ』（東京大学出版会）。原題は「ノワール小説とフィルム・ノワール」。映画について書くことになるというのも想定外の事態だったのだが、フィルム・ノワールとの比較によってノワール小説に対する理解を自分なりに深められたのは大きな収穫だった。中心的に論じたワイルダーの『深夜の告白』は私が偏愛する映画で、何度観たかわからない。留学中には脚本を取り寄せて読んだし、帰国後はケインの原作『殺人保険』を出版のあてもないまま翻訳してしまった——どうしてそんなことをしたのか我ながら不思議なのだが、何が役に立つかわからないものである。なお、フィルム・ノワールに関しては、吉田弘明氏の大著『B級ノワール論——ハリウッド転換期の巨匠たち』（作品社）に強く啓発されたことを記しておきたい。

黒い誘惑——初期ノワール小説について（二〇一三）

二〇一三年九月の日本アメリカ文学会東京支部における口頭発表「黒い誘惑——フォークナー、ハメット、ノワール」に修正をほどこしたもの（本書収録にあたり、フォークナーへの言及は大幅に削った）。司会の大野真氏をはじめ、多くの方から有益なコメントをいただいた。「悲劇」や「自然主義」など、かなり大風呂敷を広げているが、ここで突然広げたわけではないことは、本書の各論をお読みいただければおわかりになると思う。そうした意味において、この文章はノワールに関してこれまで考えてきたことの「まとめ」となるものなのだが、むしろこれが「中間報告」となるべくこれからも努力していきたいと思う。

ノワール文学年表
この年表は本書のために作成したものだが、『ハヤカワミステリマガジン』誌上でのノワール小説をめぐる座談会（二〇一〇年十月、十一月号）に多くを負っている。小鷹信光、滝本誠、吉野仁という豪華なメンバーと何時間も続けて討論できたのは、実に楽しく、刺激的な経験だった。なお、戦後ノワールも含めるべきかどうか最後まで迷ったのだが、いたずらに不備の多いリストになってしまう懸念がぬぐえず、本書が直接扱っている生成期に特化することとした。より包括的な「ノワール年表」の作成は、今後の課題とさせていただきたい。

こうして「あとがき」を書き終えようとして気づかされるのは、本書はあの頃の私に向けて書かれていたのではないかということであるのだが、だとすればなおさら、最大限の感謝を編集者の星野龍氏に捧げなくてはならない。前著『「マルタの鷹」講義』のとき以上にとさえいってもいいかもしれない。この十年、私のノワールへの関心が衰えなかった大きな理由の一つは、誰にも劣らぬノワール好きの編集者がいてくれたという僥倖にあるのだから。小説とは孤独に読むものであり、同時に孤独を癒してくれるものでもある。これは矛盾ではないはずだし、だからこそ我々は、読んだ本について誰かと語りあいたくなるのだろう。本書を肴にノワールの魅力を語りあっていただければ、著者としてこれに勝る喜びはない。

二〇一四年四月

諏訪部　浩一

〈図版について〉

Ⅰの扉　サウス・ダコタ州で砂嵐に見舞われた農家（1936 年）
United States Department of Agriculture

Ⅱの扉　ロサンゼルスの有名な映画館、アール・キャロル劇場（1942 年）
Earl Carroll Theatre, Los Angeles, California
by Russell Lee
The United States Library of Congress

Ⅲの扉　ハメットがハリウッド時代に常宿としていた、ベヴァリー・ウィルシャー・ホテル（1959 年）
Beverly Wilshire Hotel Wilshire Boulevard, in Beverly Hills, California

Ⅳの扉　大恐慌でウォール街の証券取引所に集まった群衆（1929 年）
USA Social Security Association

カバー、表紙　『深夜の告白』より

索　　引

«著者紹介»

諏訪部 浩一（すわべ　こういち） 1970年生まれ。上智大学卒業。東京大学大学院修士課程、ニューヨーク州立大学バッファロー校大学院博士課程修了（Ph.D.）。現在、東京大学文学部・大学院人文社会系研究科准教授。専攻はアメリカ文学。『「マルタの鷹」講義』（2012, 研究社）で日本推理作家協会賞を受賞。著書に『ウィリアム・フォークナーの詩学――1930-1936』（2008, 松柏社）、共著に『アメリカ文化入門』（2010, 三修社），『アメリカ文学のアリーナ』（2013, 松柏社），『アメリカ文学入門』（2013, 三修社）などがある。

KENKYUSHA

〈検印省略〉

ノワール文学講義《ぶんがくこうぎ》

二〇一四年五月三〇日　初版発行

著者　諏訪部《すわべ》　浩一《こういち》

発行者　関戸雅男

発行所　株式会社　研究社

〒一〇二―八一五二

東京都千代田区富士見二―十一―三

電話　（編集）〇三―三二八八―七七一一

（営業）〇三―三二八八―七七七七

振替　〇〇一五〇―九―二六七一〇

http://www.kenkyusha.co.jp

装丁　清水良洋（Malpu Design）

印刷所　研究社印刷株式会社

定価はカバーに表示してあります。

万一落丁乱丁の場合はおとりかえ致します。

ISBN 978-4-327-48163-6　C0098

Printed in Japan